EMILIA PARDO BAZÁN

Das Geschenk der drei Könige

Spanische Weihnachtsgeschichten

Aus dem Spanischen übersetzt
von Erna Brandenberger

MANESSE VERLAG
ZÜRICH

DER WEISSE STERN

Von den drei Königen aus dem Morgenland – sie werden auch Magier[1] genannt – war der alte Balthasar der weiseste. In seinem Palast, dessen hohe Dächer mächtige Zedernbalken abstützten und den starke Granitmauern und ein ausgesuchter Trupp Soldaten aus den edelsten Familien schützten, hatte er sich zuoberst in einem runden Turm eine Art Observatorium eingerichtet. Dort schloß er sich immer wieder ein, befragte in aller Ruhe die Sternbilder und füllte mit rätselhaften Zeichen eines unbekannten Alphabets wunderbar gegerbte, weiche Pergamentblätter, die ihm sorgfältig aufgerollt in großer Zahl gebracht wurden. Die Wände entlang reihten sich rund um den Raum kostbare Holzgestelle aneinander, wo er Wachstäfelchen aufbewahrte, die alle mit einem Gewirr feiner, mit spitzem Metallstift eingeritzter Linien bedeckt waren.

Der alte König bildete sich nichts ein auf seine Wissenschaft. In den weiten blauen Räumen, die seine Augen absuchten, wünschte er sich sehnlichst, auf geheimnisvolle Gesetze zu stoßen, unvermutete Schöpfungsharmonien zu entdecken; aber es gelang ihm nicht. Sein sehnliches Verlangen, Erkenntnis zu gewinnen, den Schleier aufzureißen, womit die Schöpfermacht ihr Vorgehen verbirgt, hielt ihn dermaßen gefangen, daß er seine Regierungsgeschäfte vernachlässigte. Ein ehrgeiziger Neffe gewann mit seinem Tatendrang die Zuneigung des Volkes und der Heerführer, und wenn er seinen Onkel nicht absetzte, so nur weil er dessen Beschäftigung als harmlos ansah und sich davon nicht gestört fühlte.

König Kaspar hingegen beschäftigte sich nicht mit dem Himmel, sondern setzte seine magischen Kräfte zur Eroberung und Beherrschung der Erde ein. Wenn er an der Spitze eines Kriegsheeres in Feindesland einfiel, war er gut gewappnet mit Voraussagungen und Horoskopen. Alle glaubten, Kaspar besitze seherische Begabung und könne sich unmittelbar mit der verborgenen Macht verständigen, die im zufälligen Verlauf der Ereignisse den Sieg gewährt, und sie folgten ihm blindlings und ohne jegliche Furcht. Wer ihn sah, wie er als Anführer in den besten Mannesjahren sein Streitroß in der hitzigen Schlacht mit vertrauensvollem Lächeln sicher durch Pfeilhagel und Staubwolken lenkte, sagte jedesmal wieder, daß wohl ein Zauber ihn unverwundbar machte. In der Tat hatte der Magier noch nie eine Verwundung erlitten: In allen Schlachten vollbrachte er tollkühne Taten, doch weder Pfeil noch Stein vermochten ihn zu treffen, noch ein Schwerthieb sein Gewand zu ritzen. Die Römer versuchten, Kaspars Herrschaftsgebiete zu unterjochen, aber die kampferprobten Legionen wurden geschlagen, übel zugerichtet und aufgerieben. Als der Prokonsul, der sie befehligt hatte, dem Senat Bericht erstattete, der König verfüge über magische Kräfte und sei unbesiegbar, wurde er ausgelacht, er sei orientalischem Aberglauben und lächerlichen Ammenmärchen verfallen. Kaspars Ehrgeiz hingegen war noch nicht gestillt, er verzehrte sich in seinem Verlangen nach größeren Eroberungen, wollte in Rom einmarschieren, die Stadt in Brand setzen und sich der Weltherrschaft bemächtigen.

Der dritte König, Melchior, herrschte über die Äthiopier, das älteste Volk der Erde. Er war jung, höchstens fünfundzwanzig Jahre alt, sein Herz und alle seine Sinne brannten lichterloh. Sein schwarzer Leib glänzte wie eine kostbare Bronzestatue, er war schlank, und trotz seiner kräftigen Muskeln bewegte er sich mit eleganter Geschmeidigkeit. Seine reichen Schätze an Gold, Perlen, Straußenfedern und köstlichen Ölen kauften ihm Händler und Karawanenführer ab und vermittelten ihm dafür weiße Sklavinnen aus den veschiedensten Ländern. Zitternd vor Angst, tieftraurig oder schicksalsergeben betraten sie den Palast, den ihnen Melchior eingerichtet hatte: in makelloser Schönheit die Töchter des Kaukasus mit den schmalen Augen; die Griechinnen mit ihrer Kunst, anmutige Verse zur Laute zu singen; die Perserinnen in einer Wolke von betörendem Rosenduft; die Andalusierinnen mit ihren wollüstigen Tänzen; die schwarz verschleierten Phönizierinnen; die Hebräerinnen mit den edlen Gesichtszügen; schließlich die stolzen Römerinnen, die nicht selten ihre Tuniken zerrissen und sich erhängten, um so der Versklavung und den Liebkosungen des Barbarenkönigs zu entgehen. Melchior wollte, daß seine Sklavinnen in Luxus und Freude lebten. Sein Serail war riesig und stand inmitten blühender Gärten und schattenspendender immergrüner Bäume, die süße

Düfte verströmten. Kleine Boote durchfurchten lauschige Teiche und luden zu Badefreuden und Spazierfahrten ein, aber gerudert wurden sie nicht von Männern, sondern von dressierten Affen oder von dienstbeflissen lächelnden Sklavinnen mit muskulösen Oberkörpern und wulstigen Lippen. Melchior litt nämlich an einer grausamen Krankheit: Seine Leidenschaft konnte sich zu rasender Eifersucht steigern, und so schirmte er seine Frauen von allen Männerblicken ab. Am liebsten hätte er sie in eine Festung ohne frische Luft eingesperrt, aber die Erfahrung hatte ihn gelehrt, daß sie sich in der Gefangenschaft verzehrten und an Fieber starben, und so fand er es besser, ein riesiges Gelände zu ummauern und darin seinen Schatz zu hüten, den er mit niemandem teilen wollte.

In diesem köstlichen Schutzgelände verbrachte er seine Abende und Nächte, überwachte seine Schönen, genoß ihre Tänze und Spiele, hörte ihren Gesängen zu, erkundigte sich nach ihren fernen Heimatländern und spürte den heimlichen Schmerz seiner Konkubinen, wenn ihnen unwillkürlich Tränen in die schönen Augen traten.

Bisweilen fragte Melchior mit sanfter Stimme: «Bist du nicht glücklich, Dircé? Liebst du mich nicht, Faustina? Sehnst du dich nach einem anderen Geliebten, Guluya?»

Wie ihre Antwort auch ausfiel, wie innig sie ihn auf seine Frage hin liebkosten, Melchior blieb zu Tode betrübt. Denn er wußte, daß seine schwarze Haut und sein Kraushaar ihnen unangenehm waren und daß die Schönen ihm ein Glück vorgaukelten, das sie nicht empfanden. Jede von ihnen hatte in ihrer Heimat einen Auserwählten zurückgelassen: einen Griechen mit ebenmäßigem Profil und straffen Muskeln unter der goldfarbenen Haut; einen Militärtribun; einen stattlichen Patrizier; einen schwarzlockigen Hirten in Galiläa; einen iberischen Fürsten, der auf seinem Pferd über die turdetanischen Ebenen[2] sprengte. Melchior versuchte verzweifelt, seine unsichtbaren Rivalen aus ihrem Gedächtnis zu tilgen, und nahm schließlich zur Magie Zuflucht, um das Glück zu erringen, das er über jedes andere stellte: geliebt zu werden. Ihm genügte die mechanische Unterwerfung nicht, das Einverständnis der verführerischen Leiber; er forderte die Seele mit wütender, nie befriedigter Begierde. Er versuchte es mit Liebestränklein und Beschwörungen, Zauberformeln und Geisteranrufungen, er wandte sich an die Zauberinnen in Thessalien, die sich bei Mondlicht versammeln, an die Wahrsagerinnen in Israel, die sich schwarzer Riten bedienen, Schlangen anbeten und grausame Zeremonien anwenden, um das Böse zu besänftigen. Er raubte Haare, abgebrochene Fingernägel und Badewasser seiner Geliebten, und aus solchen Zutaten mischte er Liebestränklein. Aber die Liebe stellte sich nicht ein; Melchior spürte sie im demütigen Gehorsam der Schönen nicht vibrieren. Er entstieg ihrem Schoß noch durstiger und noch melancholischer, und so wund war seine Seele, daß er sich einschloß, manchmal eine ganze Woche lang, ohne einen Fuß auf das Gelände seines Serails zu setzen – bis er sich endlich ein wenig fing und seinen Kampf mit dem Unmöglichen wieder aufnahm, um dann von neuem in Lustlosigkeit und Niedergeschlagenheit zu verfallen. Wenn nur eine einzige ihm ihre Liebe schenken wollte! Und diese eine wäre sein ganzes Leben!

In einem solchen Zustand finsterer Hoffnungslosigkeit kam Melchior auf die Idee, daß der alte König Balthasar mit seiner Weisheit ihm vielleicht helfen könnte. Er begab sich mit einem prunkvollen Geleit auf die Reise und erreichte nach vier Tagen mit seinem Troß mit Goldstaub und Myrrhe beladener Kamele die Hauptstadt des Magiers. Unterwegs war er König Kaspar begegnet, der an der Spitze eines Trupps ausgesuchter Krieger ebenfalls den greisen König besuchen wollte, um ihm ein Bündnis vorzuschlagen. Diese Absicht unterbreitete er auch Melchior. Warum sollten sich die Monarchen aus dem Orient nicht verbünden und Rom überfallen, das sich immer die Herrschaft über die andern Völker anmaßte und sie zu tributpflichtigen Vasallen erniedrigte?

Melchior stimmte diesem Plan zu, aber beide kamen überein, ihn dem altersweisen Balthasar zu unterbreiten, der ohne Zweifel in den Gestirnen die Zukunft lesen konnte.

Herzlich und mit allen Ehren wurden sie empfangen, und nach Sonnenuntergang setzten sich dann die drei Magier, nachdem sie reichlich gegessen und getrunken hatten, auf der Terrasse des Königspalastes zusammen und genossen den Anblick des samtweich schimmernden türkisfarbenen Sternenhimmels, der sich wie ein mit Diamanten und Edelsteinen besetztes Zeltdach über sie spannte. Nun wandte sich Balthasar in väterlich-leutseligem Ton mit folgenden Worten an seine Gäste: «Was Kaspar wünscht, entspricht seiner hohen Gesinnung und seinem Löwenmut; aber ein schwacher Greis wie ich will nichts mehr von Kriegen und Heldentaten wissen. Wenn ihr wollt, verhandelt über dieses Bündnis mit meinem Neffen, der mir beisteht, die Last des Staates zu tragen. Ich möchte euch in dieser ganz besonderen Nacht von etwas viel Wichtigerem berichten.»

«Wichtiger als die Eroberung Roms?»

«Wichtiger als die Liebe?»

Diese beiden Einwürfe erstaunten Balthasar nicht. Seine Seheraugen hefteten sich auf die beiden Monarchen, und er lächelte nachsichtig. «Hört, meine Freunde!» sprach er. «Seit vielen Jahren durchforschen meine Augen die Himmelsräume, und meine Hände zeichnen die Bewegungen der Himmelskörper und ihre Bahnen auf. Vergeblich versuche ich herauszufinden, was für eine Bedeutung diese Ansammlung von Sonnen und Planeten für die Menschheit haben kann. Verwundert es euch nicht, daß sie in so riesiger Zahl in so weiten Fernen strahlen und nie näher kommen, uns vielmehr aus der Unermeßlichkeit kalt und starr betrachten?»

Kaspar und Melchior schwiegen, und der Magier fuhr fort: «Seit einiger Zeit allerdings glaube ich, Anzeichen wahrzunehmen, daß der Himmel sich der Erde annähern müsse. Meine Berechnungen erlauben mir, mit Sicherheit auszusagen, daß ein unbekannter Stern aufgehen muß und daß dieser neue Stern der einzige sein wird, der Mitleid mit den Menschen hat. Ich habe Anzeichen für sein baldiges Erscheinen wahrgenommen.

Wir sind hier drei Männer mit einer unstillbaren Sehnsucht. Ist es nicht so? Warum soll dieser wohltätige Stern denn nicht heute nacht erscheinen?»

Die tiefe Stille, die in stummen Wellen der nahen Wüste zu entsteigen schien, die Feierlichkeit der Stunde beeindruckten die anderen beiden Könige sehr. Ihre Einbildungskraft entfaltete sich wie der schwere Duftkelch einer riesigen Blüte.

Balthasar breitete die Hände aus wie zum Gebet und sprach weiter: «Wir Alten, die wir an der Schwelle des Todes stehen, unser Leben lang Enthaltsamkeit geübt haben und mit den geistigen Werten in Verbindung geblieben sind, gelangen manchmal zu Erkenntnissen, die nur schwer zu erklären sind. Mir ist in meinem Observatorium manchmal durch den Kopf gegangen, daß die Welt leidet, daß sie Opfer von Ungerechtigkeit und Schmerz ist und deshalb die Stunde kommen muß, da der Himmel sich ihrer annimmt. Ich kann nicht herausfinden, wie der Mensch gerettet werden soll, und trotzdem glaube ich fest daran, daß es geschehen muß und daß diese Wahrheit mit feurigen Lettern in den Himmel eingeschrieben ist. Und wenn euch das als Hirngespinst eines altersschwachen Kopfes vorkommt, so laßt es mir dennoch, es ist mein einziger Trost, der Lohn für mein Dasein, das dem Geistigen gewidmet ist.»

«Mein verehrter Vater», entfuhr es dem schwarzen König, bei dem der Glaube plötzlich entbrannt war, «ich glaube, ich verstehe, was du meinst. Die Welt ist voll Bitternis. Sie braucht irgendeine Hoffnung, und wir mit unserem blutenden Herzen suchen sie wie der Hirsch die Wasserquelle.» Und er ergriff beide Hände des Weisen und küßte sie.

«Man muß», erklärte trotzig Kaspar, «das unverschämte, ruchlose Rom niederreißen, seine Tyrannei abschütteln.»

«Mein Sohn Kaspar», flehte der älteste Magier, «glaube, und du wirst sehen, daß Rom kampflos und ohne Blutvergießen fallen wird. Glaube und warte, die Stunde ist nahe; wahrhaftig, ich sage es dir.»

Kaspar warf sich nun seinerseits dem Greis zu Füßen. Dieser erhob die Augen zum Himmelsgewölbe und betrachtete die zahllosen funkelnden Lichtpunkte. Nichts war zu hören, nicht einmal der Atem der drei Könige. Kein Lufthauch regte sich.

Auf einmal erschien inmitten der Lichter am Firmament ein neues, das zuvor nicht sichtbar gewesen war. Ein weißer Stern, weißer als alle anderen, stieg langsam und majestätisch empor, kam immer näher, bis er schließlich wie ein kleiner, perlenschimmernder Mond aussah. Er beleuchtete die ganze Terrasse und zog einen blendenden Schweif hinter sich her, der sich entfaltete wie der Mantelsaum einer Sternenkönigin. Balthasar beugte nun ebenfalls das Knie und weinte vor Seligkeit: «Seht ihr ihn?» und nochmals: «Seht ihr ihn?»

Der feurige Melchior sprach als erster den entscheidenden Satz aus: «Folgen wir ihm!»

Und sie folgten dem Stern, obwohl sie nicht wußten, wohin er sie führen würde, aber sie waren sicher, er war der Weg zur Erlösung. Glücklich ritten die drei auf ihren Dromedaren durch die weite Sandwüste, Balthasar dachte nicht mehr an seine Wissenschaft, Kaspar nicht mehr an Kriegsruhm, Melchior nicht mehr an Liebesentrückung. In ihren Augen glänzte ein übernatürliches Licht, und der Stern, der ihnen immer vorauszog, schien sie mit immerwährendem Jubel zu erfüllen. Bei Tag überstrahlte seine Helle sogar das Sonnenlicht.

Und weil die weisen Könige dem Stern gefolgt sind – das wißt ihr doch –, wurden sie nach ihrer Rückkehr in ihre Heimatländer zu den Heiligen Drei Königen.

Es war schon dunkel, als José nach Hause ging. Sein Herz war betrübt: Es schneite darin, wie es auf Dächer und Straßen zu schneien anfing, auf die Bäume und die Spazierwege und auf die granitenen Standbilder der spanischen Könige auf dem Hauptplatz. Grabesschmerz legte sich langsam wie Schneeflocken auf die Seele des arbeitslosen Zimmermanns, der nach Hause zurückkehrte und kein Licht, keine Wärme, kein Essen und keine Hoffnung mitbringen konnte.

Als er die Treppe hinaufging und seiner Behausung näher kam, fühlte er sich so mutlos, daß er sich auf eine Treppenstufe fallen ließ und entschlossen war, den Rest der Freudennacht dort zuzubringen. Es war die eiskalte und enge Treppe eines Mehrfamilienhauses, in dessen unteren beiden Stockwerken reiche Leute wohnten; im dritten und vierten hingegen und im Dachgeschoß hausten Handwerker und Bedürftige. Eine Gaslampe beleuchtete das Treppenhaus bis zum zweiten Stockwerk; von dort an aufwärts wurde es immer dunkler und stikkiger, und es roch wie aus einem schmutzigen Brunnenschacht. Nie hatte der trostlose Anblick der Treppe José so bedrückt wie heute. Zum erstenmal wich er zurück und hatte Angst, an seine eigene Wohnungstür zu klopfen. Was brachte er schon für eine frohe Botschaft heim!

Er hatte die Knie hochgezogen und die Ellbogen darauf gestützt, fest preßten sich seine Fäuste ins Gesicht;

zitternd vor Kälte saß der Zimmermann da, dachte über die Hintergründe seiner Verzweiflung nach und stocherte im bitteren Bodensatz seines Zorns auf alles und auf alle. Ein Hund, Abfall, wer im Schweiße seines Angesichts sein Brot verdienen muß! Im Sommer immer nur Zwiebeln, denn in der brennenden Hitze verreisen die Reichen ans Meer zur Erfrischung. Zu Weihnachten wieder Zwiebeln, denn bei Kälte will niemand bauen, und außerdem reicht das Geld kaum für Eichenholz zum Feuern und für Pelzmäntel zum Ausgehen. Ja und? Braucht etwa der Zimmermann nichts zu essen in der Sommerglut, und braucht er keine Kohle und keine Einkünfte im Winterfrost? Der Meister in der Werkstatt hatte den Kopf geschüttelt und gesagt: «Was soll ich tun, lieber Mann, ich kann keine Locken drehen, wo kein Haar ist … Nicht einmal der Herrgott selbst bekäme einen Auftrag … Du weißt ja, daß ich vor dir schon drei andere entlassen habe … Aber meine Neffen, die Söhne meiner Schwester, kann ich nicht entlassen, verstehst du? Ich behalte nur noch sie … Suche dir anderswo ein Auskommen … Laß dir etwas einfallen …» Sich etwas einfallen lassen! Wie soll sich einer etwas einfallen lassen, der nur Holz bearbeiten kann und niemanden findet, der eine solche Arbeit von ihm will?

Schon einen Monat lang war José arbeitslos. Was für mühsame Tage, wenn er in Madrid umherging und Beschäftigung suchte! Vom einen Ort schickte man ihn mit Worten des Bedauerns und ungewissen Versprechungen weg, vom andern mit trockener Härte, sogar unverhohlenem Spott: «Arbeit! In diesem Jahr gibt es für niemanden Arbeit ...», antworteten die Zimmermannsmeister wütend und schlechtgelaunt oder traurig und niedergeschlagen. Allerorts die gleiche Klage über Entbehrung und Bedrängnis, allerorts seufzte man über das gleiche Elend: Krieg, Zusammenbruch, Krankheit, Aufruhr, Schicksalsschläge, Angst, schmale Beutel ... José ging von Tür zu Tür und bettelte um Arbeit, wie man um Almosen bettelt, und jeden Abend kam er mit mürrischem Gesicht und gerunzelter Stirn nach Hause und antwortete auf immer dieselbe Frage seiner Frau mit immer demselben Schulterzucken, das ganz klar bedeutete: «Nein, immer noch nichts!»

Die Unglückssträhne erwischte sie, als sie wegen der langen Krankheit ihrer ältesten Tochter wie ausgeblutet waren: Felisa hatte Typhus gehabt, war noch nicht ganz genesen und brauchte gehaltvolle Nahrung; eine Kommode und zwei Wollmatratzen nahmen, kaum angeschafft, gleich wieder den Weg ins Pfandhaus. Als José daraufhin die rückständige Miete für ein Vierteljahr auf einmal zahlte, mußte er vom Verwalter hören, er dulde keinen weiteren Rückstand mehr, und bei der ersten Nachlässigkeit stelle er ihn samt seinen Habseligkeiten auf die Straße ... Unter solchen Umständen bedeutete ein Monat Arbeitslosigkeit sofort Hunger und die Faust im Genick für den Rest des kommenden Jahres. Hunger in einer großen Familie! Niemand kann sich die Qual eines Vaters vorstellen, der mit Futter im Schnabel zum Nest seiner Lieben kommen sollte, statt dessen jedoch gezwungen ist, mit leerem Schnabel, nassen Federn und hängenden Flügeln heimzukehren ... Jedesmal, wenn

José anklopfte und in seine Dachwohnung trat, spürte er, wie die Kälte der nackten Steinfliesen und der Frost des erloschenen Herdes sein Gemüt mit noch größerer Gewalt erfaßten; denn der Winter ist ein schlimmer Verbündeter des Hungers, und tausendmal heftiger beißt bei leerem Magen der Nordwind, wenn er durch die Ritzen dringt und wildes Katzengeschrei hereinträgt...

José saß da und grübelte. Nein, er durfte nicht über jene Schwelle treten, ohne den Seinen, die hungrig und geschwächt drinnen auf ihn warteten, etwas mitzubringen – wenn schon nicht die zu Weihnachten üblichen Süßigkeiten und Geschenke, so doch wenigstens etwas, was ihren matten Blick erhellte und sie zuversichtlich stimmte. Ratlos blieb er sitzen – ein Zustand, der wahre Seelenkrisen auslösen kann –, und der Gedanke an all die festverwurzelten Bräuche und Überlieferungen bedrückte ihn noch mehr. José war ein ehrbarer Mann; keinem verbrecherischen Vorhaben gewährte er Einlaß, nicht einmal in dieser Zeit der Prüfung; eher würden ihm die Hände abfallen, als daß er sie nach fremdem Gut ausstreckte; sein Anstand hatte etwas Instinktives, doch nun verunsicherte und verwirrte ihn das Gewissen, das diesem Anstand beinahe Vorwürfe machte. Stehlen würde er nie und nimmer – aber genau besehen: Waren Leute, die unter ähnlichen Umständen wie er einen Diebstahl begingen, wirklich so schuldig, wie es den Anschein hatte? Er allerdings hatte keine Lust, sich zu schämen, das häßliche Wort «Dieb» zu ertragen; schon einige Stunden Gefängnis würden ihn das Leben kosten, er würde sterben vor Wut, vor Schmach. Wenn es aber andere gab, die nicht unter Gewissensbissen litten und irgendeine Dummheit begingen, um für Frau und Kinder den Lebensunterhalt zu sichern – wären die nicht im Recht? Wer weiß, ob die nicht sogar bessere Ehemänner und bessere Väter waren? Er hingegen bescherte den Seinen nur Not und Tränen …

Er seufzte auf, grub die Finger ins Haar und schaute stumpfsinnig vor Bitternis hinunter zum beleuchteten Abschnitt des Treppenhauses. Dort unten war reger Betrieb, dauerndes Türöffnen, Diener und Ausläufer eilten treppauf und treppab und brachten Pakete, Glückwunschkarten, Tabletts – die letzten Vorbereitungen für das Weihnachtsessen: *Turrón*[3] wurde vom Spezialgeschäft gebracht, der Konditor schickte eine große Biskuittorte, vom Freund kamen sechs Flaschen süßen Jerezweins und rote Granatäpfel, ein Geschenk, das vom Jubel der Familie begleitet wurde. Einzig die Tür der greisen Witwe, der frommen Doña Amparo, war noch kein einziges Mal aufgegangen: Da hörte man plötzlich Lärm, und ein ganzes Rudel Kinder hängte sich an die Türglocke; es waren die Nichten und Neffen der alten Frau, ihre einzige Liebe, ihre Schwäche, ihr Schatz … Wie ein Schwarm Vögel in einen Tempel, so stürmten sie in die Wohnung, und das bis dahin stille Stockwerk füllte sich mit Gerenne, Gelärme und Gelächter. Kurz darauf trat die alte Magd, eine fromme Frau wie ihre Herrin, auf den Treppenabsatz hinaus und rief mit scheppernder Stimme: «Don

José, hallo, ist Don José da? Kommen Sie doch herunter, ich habe einen Auftrag für Sie!»

In Augenblicken der Verzweiflung ist uns jeder Anruf des Lebens schon Hilfe und Trost. Wer die Fenster schließt und einen Kohleofen heizt, um sich zu erstikken, wird weich, wenn er Geräusche von der Straße hört, den Nachklang fröhlicher Musik, das Gebell eines streunenden Hundes ... José fuhr auf, sprang die Treppe hinunter und antwortete heiser vor Erregung: «Hier bin ich, Señora Baltasara, hier bin ich ...!»

«Kommen Sie herein ...», murmelte die alte Magd, «wenn Sie gerade nichts zu tun haben, bitte ich Sie, uns die Weihnachtskrippe aufzustellen, denn die Kinder sind gekommen, und wenn meine Herrin sie um sich hat, ist sie außer sich vor Glück und hat nur noch Augen und Ohren für sie ...»

«Ich hole gleich mein Werkzeug», antwortete der Zimmermann, bleich vor Freude.

«Nicht nötig, Hammer und Zange haben wir hier, und Nägel sind noch vom letzten Jahr übriggeblieben. Da ich alles aufbewahre, habe ich sie beiseite gelegt ...»

José trat in die Wohnung, die von den Kindern in Beschlag genommen war, und ging in das Kämmerchen, wo überall verstreut die Krippenfiguren und die Bretter für das Gestell herumlagen. Inmitten des fröhlichen Kinderlärms legte sich der Zimmermann seinen Arbeitsplan zurecht. Mit welchem Genuß schwang er den Hammer, setzte er die Nagelspitze und schlug sie ins Holz, bis der Nagel festsaß! Wie neugeboren fühlte er sich, Schwung und Kraft durchströmten ihn, als er nach so langer Zeit wieder einmal sein Werkzeug in der Hand hielt! Stück um Stück und Brett um Brett fügte er zusammen und baute die Plattform auf, wo nachher die bemalten Kartontürmchen von Bethlehem, die Moosweiden und die liebenswert unbeholfenen Tonfiguren prangen sollten. Die Kinder beobachteten aufmerksam die Arbeit des Zimmermanns: Kein Hammerschlag entging ihnen, sie stellten Fragen, äußerten ihre Meinung, beklatschten und bejubelten jeden Fortschritt des Werks. Inzwischen hängte Doña Amparo Gebilde aus Bronze und Glas an die Wand und steckte die Kerzen auf. Die Dienstboten gingen geschäftig ein und aus und machten zufriedene Gesichter. Draußen schneite es, aber niemand achtete darauf; der Schnee, der die Leiden und das Elend verschlimmert, steigert auch die Behaglichkeit im trauten warmen Heim. José setzte Bretter zusammen, schlug Nägel ein und wurde mit seiner Arbeit rasch fertig; dabei war er in eine Art Verzückung geraten, eine Reaktion auf seine Niedergeschlagenheit und Verzweiflung einige Augenblicke vorher ...

Als die Weihnachtskrippe fertig aufgebaut und José ein letztes Mal rundherum gegangen war, um sein Werk zu begutachten, wie es jeder richtige Handwerker tut, bedeutete ihm Doña Amparo – vor Erschöpfung bekam sie fast keine Luft mehr –, ihr zu folgen, führte ihn in ihr Kabinett und ließ ihn dort eine kurze Weile allein. Unwillkürlich blieben Josés Augen auf den Möbeln und dem Zimmerschmuck haften – die Ausstattung war weder aufwendig noch dürftig –, und vom ersten Augenblick an fesselte ihn eine Holzfigur auf einer Konsole, die von einem feinen Kristallämpchen beleuchtet war. Es war eine moderne Schnitzerarbeit – ohne große Kunstfertigkeit, aber doch recht ausdrucksvoll – und stellte den heiligen Josef dar. Der Heilige hielt nicht wie üblich das Jesuskind in den Armen oder an der Hand, sondern stand mit der Zimmermannsaxt an der Werkbank und zeigte dem kleinen Jesus, der mit lächelndem Gesicht zusah, das Gesetz der Arbeit, das höchste Gesetz auf dieser Welt. José war ganz ergriffen davon, er glaubte, das Bild spreche zu ihm, sage ihm tröstliche, unendlich liebevolle Worte, so wie er sie noch nie vernommen hatte. Als Doña Amparo wieder hereinkam und zwei Fünfpesetenstücke in seine Hand gleiten ließ, schaute der Zimmermann, anstatt ihr zu danken, erst seine Wohltäterin und dann das Bildwerk an. Auf die beredte Sprache seiner Blicke antworteten die der alten Frau, welche in der Seele des unglücklichen Mannes, der von dem Monat bangen Hoffens und bitterer Enttäuschung körperlich und seelisch ganz erdrückt war, wie in einem Buch las. Obwohl Doña Amparo es gewohnt war, Armen zu helfen, spürte sie einen Stich im Herzen; die Not, welche sie außerhalb des Hauses suchte, wenn sie in elende Dachkammern hinaufstieg, war da keine zwei Schritte von ihr, verschämt und verschwiegen zwar, aber übermächtig und bitter. Sie hob den Blick nochmals zum Standbild des Heiligen der Arbeit, hüstelte und sagte gütig zum Zimmermann: «Gleich wird Ihnen das Essen in die Wohnung hinaufgebracht, damit Sie mit den Ihren Weihnachten feiern können.»

Als das Jahr 1914 zur Begrüßung hereingebracht wurde, lag sein Vater, das Jahr 1913, in den letzten Zügen, so daß der Arzt sich leise und ernst an die Kinderfrau wandte, die das zarte Knäblein auf den Armen trug: «Der alte Herr kann kaum noch röcheln ... Doch weil er seinem Nachfolger noch verschiedene Ratschläge erteilen muß, verabreichen wir ihm eine gute Dosis Koffein ... Deswegen wird er sein Leben keine Minute früher oder später aushauchen.»

Mit der Droge lebte der Sterbende nochmals ein wenig auf, zwinkerte mit den Augen und lächelte freundlich und gleichzeitig ironisch dem Kind zu, einem bildhübschen Kerlchen, das wie ein Amor auf einem Gemälde von François Boucher[4] aussah. Die süßen Wölbungen seiner Haut spielten mit neckischen Grübchen, so als hätte Venus ihre Fingerabdrücke auf seinen rosigen Hinterbacken und an den Arm- und Beinansätzen hinterlassen. Das leuchtende Gesichtchen war eine Augenweide, unschuldig rein und gleichzeitig schelmisch; der Mund eine sich öffnende Blütenknospe, und der dichte Lokkenschopf schien die Luft mit dem Glanz goldener Ringe zu erhellen.

«Grüß dich, kleiner Schelm! Wie lebhaft und fröhlich du dich zeigst!» brachte der Greis mit Mühe heraus und schmiegte sich in seinen Nerzmantel, der genauso alt und abgewetzt war wie sein Träger, und schmuddelig und speckig dazu. «Du scheinst dich zu freuen auf dein Leben, nicht wahr?»

«Du siehst es ja, Papa!» sagte das Kind keck und strahlte wie eine frisch angezündete Kerze.

«Ja, ich sehe schon, du bist voller Unternehmungslust ... Und bestimmt hast du Pläne und Projekte, Ideen für Reformen ... und außerdem die feste Überzeugung, daß dein Vater nur Dummheiten gemacht hat ... nicht wahr?»

Der Kleine wagte nicht, offen zu antworten; aber etwas von all dem war dabei ... Etwas war dabei ...

«Und das Reizvollste daran – hm, hm! –» hüstelte der Greis und erstickte beinahe an einem Schleimklumpen im Hals, «die Menschheit teilt deine Meinung, Kind. Jetzt, am Abend des letzten Tages, gibt es wohl niemanden, der nicht über mich schimpft und nicht auf dich vertraut. Ich bin ein Flegel gewesen und habe allerlei angestellt ... und manches vermasselt! Schließlich bin ich ja ein Jahr Dreizehn gewesen ... An dir ist es nun, wieder einzurenken, was ich angerichtet habe, und die Probleme zu lösen, die ich angezettelt oder verschlimmert habe. Du hast die Lösungen bestimmt schon in der Tasche ...»

«Nein, ganz sicher nicht, ich habe ja gar keine Taschen.» Und das Kind zeigte lachend auf seine Nacktheit.

«Gut, also dann in der Hand oder wo auch immer: Reichtum, Glück, Gesundheit und Ehre – und wer an dich denkt, nimmt sich bestimmt vor, seinen Lebenswandel zu ändern, das Automobil des Lebens besser zu steuern, um nicht auf der Strecke zu bleiben... Ach, ist die Menschheit dumm!»

«Und wenn sie recht haben?» warf das Bübchen ein und reckte sich stolz. «Warum sollte ich nicht mehr Glück haben oder es geschickter anstellen als du, Papa? Außerdem bin ich jung, und du bist alt, steinalt...!»

Als das sterbende Jahr das hörte, entschlüpfte ihm ein leises Grabeslachen: «Demnach meinst du, ich sei nicht auch einmal jung gewesen?»

«Das ist aber sehr lange her», murmelte etwas verwirrt das neue Jahr.

«Wenn du einmal so alt bist wie ich, wird es dir vorkommen, als sei das Leben im Nu vorbei gewesen», seufzte das Jahr Dreizehn.

«Ich werde nie so werden wie du, Väterchen», bekräftigte das Jahr Vierzehn hartnäckig seine Behauptung, «es ist unmöglich, erkennst du denn das nicht? Schau mich an! Kann ich mich zurückwenden – so? Warum hustest du denn die ganze Zeit? Warum machst du ein so trauriges Gesicht?»

«Laß nur ruhig einmal die dreihundertfünfundsechzig Tage vorübergehen, und dein Gesicht wird genauso traurig sein oder noch trauriger», entgegnete der hinfällige Greis. «Sie wollen mich noch fotografieren, und du bekommst einen Abzug in Plakatgröße, und in dreihundert... und so weiter schaust du in den Spiegel, und dann denkst du an mich...»

«Ach, Papa! Ich will nicht... ich will nicht so werden wie du, verzeih mir, so häßlich...»

«Wenn es damit getan wäre, nicht zu wollen! Es kann

ja sein, daß du noch häßlicher wirst ... Jeder Mensch wird auf seine Art alt, einer häßlicher als der andere ... Warte nur, eitles Kerlchen, warte nur! Deine Augen werden tränen, deine Haut wird runzlig, dein Bauch schlaff wie eine leere Lederflasche, dein Mund wird stinken wie eine Abwassergrube, Schleim wird aus deiner Nase tropfen ...»

«Na, das kommt jetzt schon manchmal vor», gestand das Bübchen und wollte sich schneuzen, aber es hatte ja kein Taschentuch.

«Dein Schädel wird kahl, dein Nacken schwach, deine Beine weich wie Baumwolle, auf deinen Händen zeichnen sich die Venen ab wie blaue Vipern, deine löcherigen Zähne beginnen zu wackeln, aus deinem Magen riecht es übel, deine Lungen bekommen keine Luft mehr, deine Füße straucheln, dein Herz versagt den Dienst, aus deinem Hirn verschwinden die Erinnerungen an Namen und Ereignisse ... Du wirst eine lächerliche Figur, impotent und unbrauchbar für alles und jedes ... Hm! Hm! Ch! Ch! Wie ich ... Und dann möchtest du nur noch verschwinden und dich in einer Grabnische des großen Friedhofs der Jahre ausruhen, im Palast der Zeit, die unsere gemeinsame Mutter ist ... So bald als möglich sterben! Sterben!»

Das Kind saugte am Däumchen und dachte nach. Das alles war wohl eine Erfindung des schlauen Greises, um es zu ärgern – aus purer Rache, weil es ihn ersetzen durfte. Das Leben war doch – potztausend! – eine wunderschöne Sache: Wer jung ist – so jung! – und in seinen Adern das heiße Blut schäumen spürt, stirbt nicht einfach so und schneidet auch keine so merkwürdige Grimasse, der hustet sicher nicht so gräßlich, daß man fürchtet, er ersticke am eigenen Schleim und Auswurf...

Bah! Warum alldem Beachtung schenken! Was nützte es denn? «Papa», säuselte es schließlich liebevoll, denn es war ein gutes Kind, und der Alte tat ihm leid: «Sag doch nicht solche Sachen! Du wirst noch jahrelang leben... Nun, jahrelang vielleicht nicht, aber immerhin noch eine Weile... nicht wahr, Herr Doktor? Wir alle leben doch fröhlich und zufrieden, nicht wahr, lieber Papa?»

«Frühreife Kinder leben nicht lang», erklärte der Arzt feierlich, «aber sterbende Greise erst recht nicht... Siehst du denn nicht, leichtsinniges neues Jahr, wie hinter den Bergen dort der Mond hervorleuchtet und glänzt wie eine frisch polierte Silberplatte? Hörst du nicht, wie an der ewigen Weltuhr die wenigen verbleibenden Stunden der letzten Nacht in melancholischer Majestät schlagen? Für deinen Vater wird nun die Agonie beginnen.»

Das alte Väterchen schien nun tief bewußtlos und dem Tode nahe zu sein; aber die Worte des Arztes elektrisierten auf einmal den Sterbenden. Ein Schauder aus seinem Innersten durchfuhr ihn; zum zweiten Mal öffnete er die Augen, und ein stummer Blick flackerte auf: «Die Agonie!» schrie er mit neu gewonnener Stimme. «Wer spricht von Agonie? Ich will nicht sterben!... Ich will jetzt noch nicht sterben!... Noch ein Weilchen weiterleben!... Leben!... Doktor!... Bitte!... Leben!» Erschöpft von der Anstrengung geriet er plötzlich in Atemnot und fiel mühsam röchelnd in seinen Lehnsessel zurück.

Wieder hatte das Kind sein Zeigefingerchen zwischen die rosa Blütenblätter seiner Lippen gesteckt und dachte nach. Und zu seiner Kinderfrau gewandt sagte es schließlich: «Siehst du, Amme, mein Papa hat mich hintergangen. Verflucht Lust hatte er auf das Sterben!»

WAS FÜR EIN GESCHENK DIE KÖNIGE BRACHTEN

Am großen Spielwarengeschäft leuchtete nachts ein Schriftband, worauf weithin sichtbar geschrieben stand: «Die Heiligen Drei Könige».

Seit es auf Weihnachten zuging, wollten alle Kinder, die auf der belebten Straße vorbeikamen, unbedingt beim Schaufenster der «Heiligen Drei Könige» stehenbleiben. Denn um diese Zeit machten die Könige persönlich hier an der gut sichtbaren Stelle halt und entlockten dem Publikum – und gar nicht etwa nur den Kindern – entzückte Jubelrufe vor lauter Bewunderung. Sie waren auch wirklich etwas ganz Besonderes.

Die schön modellierten Köpfe mit den ausdrucksvollen Gesichtszügen wirkten so naturgetreu, als wären die Puppen lebendige Menschen. Ihr Kopfhaar und ihre Bärte waren aus echtem Haar, ihre Glasaugen nach alter spanischer Bildhauerkunst so vollendet gestaltet, daß sie wie menschliche Pupillen feucht zu glänzen schienen. In der Tat, es war, als ob die Könige im Spiel des elektrischen Lichtes die Kinder anschauten, die am Schaufenster klebten, und als ob sie ihnen vielleicht sogar zulächelten.

Die Könige trugen verschwenderisch reiche orientalische Gewänder aus kunstvoll mit Perlen- und Edelsteinimitaten besticktem Gold- und Silberbrokat. Hinter ihnen ragten die Buckel der Dromedare hoch empor, und darauf lockten prallvolle Körbe mit lauter verführerischen Spielsachen: verschiedenerlei Marionettenfiguren, Kasperle, Harlekine, bleiche Pierrots, drollige Zwerge, dann blondhaarige Puppen, weinende Kindchen mit ihren Saugflaschen, Hündchen mit richtigem Haarfell, Säuglingspflegerinnen mit ihren Häubchen, auf denen das Kreuz blutrot prangte. Um die Liste der Anachronismen vollzumachen, ragten am Korbrand sogar die Gummiräder eines Automobils und ein Flugzeugflügel heraus. Über das ausgestellte Wunderreich – das in den Körben und das im Schaufenster – herrschten mit väterlicher Ruhe und Güte die Heiligen Drei Könige; der schwarze lachte mit allen seinen pinienkernweißen Zähnen und wies auf die betörende Vielfalt kunstvoller Spielsachen hin, die dichtgedrängt, aber geschickt angeordnet darum wetteiferten, Lust und Begehrlichkeit der Kinderherzen zu wecken.

In verkleinerter Ausführung füllten nützliche oder angenehme Gegenstände aller Art das verführerische Schaufenster bis zu den Rändern. Es war die Versuchung des Lebens: mit Notwendigem, Genußvollem, Fortschrittlichem, aber auch mit Konfliktstoffen und Streitmöglichkeiten. Angefangen bei der Küche mit ihrem Zubehör, den Möbeln und dem sonstigen Hausrat, einem Theater mit allen Requisiten, einem Kino mit seinen Überraschungen bis hin zu einem Schlachtfeld, in Miniaturgröße zwar, aber dennoch mit seinen tragischen Vorkommnissen: den toten Bleisoldaten am Rand des Schützengrabens aus Karton, den verbissen ineinander verkeilten Soldaten beim Kampf um einen Hügel, auch dieser aus Karton – es gab gar nichts, was da nicht zu finden gewesen wäre. Und drinnen im Geschäft eine endlose Prozession von Mamas, Kindermädchen, Fräuleins, zittrigen Großvätern, überschwenglichen Paten – und alle führten jubelnde, überglückliche Kinder an der Hand, die wie elektrisiert vor Freude von einem Bein auf das andere hüpften oder beim Anblick aller dieser Wunder vor lauter Begeisterung verstummten, weil ihnen der Atem stockte. Am liebsten hätten sie alles an sich gerissen und mitgenommen, einfach alles, auch wenn sie es gar nicht hätten tragen können. Man hörte aufgeregtes Geschrei, verzweifeltes Geplärre und sanft beruhigende Trostworte. In Windeseile wurden die Rechnungen beglichen, aber die Angestellten hatten kaum genug Hände, um all die Ware einzupacken und zu verschnüren; ohnehin ließ die Ungeduld der kleinen Kunden nicht zu, daß die Einkäufe nach Hause geliefert wurden, so groß war die Begierde, sie gleich in Besitz zu nehmen.

In dem Gedränge versuchten Niní und ihr Vater, sich Durchlaß zu verschaffen und vorwärts zu kommen. Es war mühsam, und das Mädchen seufzte und begehrte auf: «Papa, sie lassen uns nicht schauen, sie sollen doch Platz machen!»

Niní hatte eine eher dunkle Haut, grünliche Augen und kastanienbraunes Haar: das lebendige Abbild ihrer Mutter, die vier oder fünf Tage nach ihrer Geburt aus dieser Welt abberufen worden war. Dieses Ereignis hatte den Gatten während Ninís erster Lebensjahre in tiefe Schwermut gestürzt. Sein einziger Trost war das Mädchen, das zauberhafte Wesen, von dem die Ärzte sagten, es habe eine zu reiche Phantasie und brauche besondere Fürsorge und Obhut. Und für das Kind zu sorgen und es zu behüten, machte sich der Vater zur heiligen Pflicht: Wie im Gewächshaus wollte er die zarte Blume aufwachsen lassen, damit ihre feinen Blätter und Blüten gedeihen und sich entfalten konnten.

Die liebevollen Vaterhände schüttelten Ninís Sitzkissen weich, wogen gewissenhaft ihre Mahlzeiten ab, hüllten ihren Leib in mollige wärmende Kleider und kümmerten sich sogar um das richtige Maß der Badesalze. Es war eine stete Sorge und ein stetes Entzücken, als der Kinderspeck allmählich verschwand und sich die Ähnlichkeit mit der verlorenen Gattin immer deutlicher abzeichnete, bis dann im Alter von sechs Jahren der Körper sich gestreckt hatte und aus dem Lockenkopf eine Zopffrisur geworden war. Einzelne Gebärden oder Kopfbewegungen, auch Stimmfärbungen riefen beim Vater Erinnerungen wach, die ihm Tränen in die Augen trieben. Selbstverständlich kam es nie vor, daß er Niní etwas versagte, worauf sie gerade Lust hatte: Wunsch angezeigt, Wunsch erfüllt. So ergab es sich, daß Niní mit sechseinhalb Jahren schon alles in Überfülle hatte, was es an Spielsachen gab, und der Vater beim besten Willen nicht mehr wußte, was er ihr schenken könnte, das sie nicht schon besaß und das ihr gefiel: «Das habe ich schon», war jedesmal die verächtliche Antwort des Mädchens.

Sie suchten neugierig die ganze große Halle des Spielwarengeschäfts ab und musterten sorgfältig die Regale. Aber bei allem rümpfte das Kind das Näschen und verzog den Mund, in dem ein Milchzahn fehlte: «Das habe ich schon ... Das hast du mir an deinem Namenstag geschenkt.»

Der Vater war ratlos. Was könnte er ihr denn kaufen? Kam ihm denn wirklich nichts in den Sinn? Gleichzeitig brodelten ganz andere – unpassende – Gedanken in seinem Hirnkasten. Seit einiger Zeit schon unterbreitete ihm seine Schwester immer wieder den Vorschlag, doch wieder zu heiraten. Ach was! Er, der trostlose und untröstliche Witwer! Eine Vernunftehe, klar, standesgemäß, wie es sich gehört; eine gesetzte Person, die dem Kind Rückhalt gäbe, es beschirmte, wenn es dann in die Gesellschaft eingeführt würde; bis dahin würde sie seine Erziehung und Ausbildung leiten und das Haus mit sicherer Hand führen ... Trotz alldem lastete der Gedanke wie Blei auf dem armen Witwer, der sich geschworen hatte, die Gattin nicht zu ersetzen ... Er hatte Verständnis für die Überlegungen seiner Schwester, und das schmerzte ihn am allermeisten. Sie waren in der Tat vernünftig und auch im Interesse der Kleinen ... Trotzdem schnürte ihm der Gedanke an eine solche Veränderung das Herz zusammen ... Während er so sinnierte, schaute sich das Kind um, verächtlich und angewidert. Auf einmal stieß es einen Schrei aus: «Papa, das gefällt mir! Komm! Komm!»

Die ausgestreckte Hand zeigte auf das Schaufenster und dort auf die Figuren der Könige, die Herrscher über die gesamte Spielzeugwelt – zwei von ihnen freundlich und würdevoll, der dritte mit übermütigem Lachen: «Das will ich! Ich will die Könige, komm!» Und es warf ihnen eine zärtliche Kußhand zu.

Der Vater stand verdutzt da, wußte nicht, ob er mit einem Scherz auf diese Laune eingehen oder Niní zurechtweisen und ihr zum ersten Mal einen Wunsch abschlagen sollte. Er war sich bewußt, wie schwierig es war, ihr Begehren zu erfüllen. Die herrlichen Figuren bedeuteten für das Unternehmen nicht nur die beste Werbung, sondern eine Art Adelswappen, einen künstlerischen Stolz, eine Besonderheit, die es von allen anderen Geschäften abhob. Sie erwerben zu wollen kam dem Ansinnen gleich, den ganzen Laden zu kaufen, und es erschien ihm unwahrscheinlich, daß der Inhaber dazu die Hand bieten würde. Aber Ninís Gelüste legten sich beileibe nicht, im Gegenteil, sie wurden immer heftiger: «Ich will die Könige!» flehte sie andauernd mit echtem Schmerz in Stimme und Gehabe. Ein Weinkrampf schüttelte sie, und nun glich sie ganz deutlich ihrer Mutter in den letzten Tagen ihrer Krankheit, als ihr Leiden und ihr Verfall schon das nahe Ende ankündigten. Solche Bilder, wie sie dem Vater eben durch den Kopf gingen, lösen oft merkwürdige Sorgen aus: Das Kind könnte krank werden, könnte sogar, wer weiß ... Nein, nicht daran denken. Bei solchen Befürchtungen, was bedeutete alles übrige? Und er verhandelte mit dem Geschäftsinhaber. Mit leiser Stimme unterbreitete er ihm hinten im Büro seine Kaufabsichten. Er stieß auf Widerstand und Befremden über das ausgefallene Ansinnen; ihre Gemüter erhitzten sich.

Nein, die Figuren waren nicht käuflich, dafür standen sie nicht im Schaufenster ...

«Ich zahle Ihnen, was Sie wollen ... Und ich werde Ihnen immer dankbar sein.»

Eine schändliche Plünderung sei das! Ein Schurkenstück! Tausend Silbertaler jede Figur, und auch so verliere er, bekräftigte der Besitzer. Die Figuren hätten ihn viel mehr gekostet – schließlich seien sie von Benlliure[5] gestaltet! «Haben Sie das gehört, Don Mariano?» Und er bekräftigte es kühn, denn er wußte genau, daß die Figuren ihm recht gaben.

Außer sich vor Freude sah Niní, wie die Figuren in ihr Automobil geladen wurden. Sie konnte sich nicht sattsehen an ihnen, immer wieder strich sie mit ihrem Händchen über die kostbaren edelsteinbesetzten Gewänder und küßte sie. Des Vaters Ängste flackerten wieder auf: Auch eine solche Erregung konnte gefährlich werden.

In dieser Nacht brauchte Niní lange zum Einschlafen. Sie wälzte sich in ihrem Bettchen herum. Als die schweren Kirchenglocken zwölf Uhr schlugen, meinte sie zu sehen, daß die Könige sich sachte bewegten und in einem hellen Lichtschein feierlich auf sie zuschritten. Der älteste neigte sich liebevoll zu ihr hinab und flüsterte ihr ins Ohr: «Weißt du, was für ein Geschenk wir dir bringen? Wir bringen dir eine neue Mama ...»

Aber Niní zog zitternd ihre Bettdecke über den Kopf, vergrub ihr Gesicht, und man hörte sie nur noch schluchzen: «Nein, das nicht, nur das nicht! Eine neue Mama, nein!»

DIE WEIHNACHTSKRIPPE

Es war schon dunkel, als Julio Revenga mit der Straßenbahn nach Hause ins vornehme Madrider Salamancaviertel fuhr; die Hände vergrub er in die Taschen seines pelzverbrämten Mantels und wälzte unerquickliche Gedanken. Er steckte in einer verfahrenen Lage, doppelt schwierig für einen rechtschaffenen Mann wie ihn, der widriger Umstände wegen zum Vertuschen und Lügen gezwungen war. Wie teuer zahlte er doch für eine Stunde Irrweg! Seine Gewissensruhe, sein Hausfriede, sein unbescholtener Lebenswandel, alles war dahin wegen einiger Augenblicke, da er einer Versuchung nicht hatte widerstehen können.

Während der Schaffner die Haltestellen ausrief und der Straßenbahnwagen sich allmählich leerte, grübelte Revenga über die Geschichte seines Fehltritts nach. Wie war es eigentlich gewesen? Wie hatte es geschehen können? Wäre sein Landsmann und Freund Costavilla nicht in Konkurs geraten, hätte er keine Gelegenheit gehabt, immer wieder mit dessen Schwester Anita Dolores zusammenzukommen, einer kecken Frau gegen die Dreißig, die sich eher herausfordernd als keusch zurückhaltend benahm.

Bei dem verhängnisvollen Konkurs verlor Costavilla alle Tatkraft und Hoffnung; Anita Dolores hingegen verriet große geschäftliche Begabung, sie erwies sich als geschickt und unternehmungslustig, entschlossen, das

Haus auf irgendeine Weise zu retten. Für ihre Unterhandlungen holte sie Rat bei Revenga, bat ihn um Hilfe und Kredite, und ihre Zusammenkünfte dauerten oft stundenlang. Beim Sichten der Papiere, beim Abschätzen der Liquidationsmöglichkeiten entstand allmählich neckisch-heitere Vertraulichkeit, aus der bei Anita bald unmißverständliche Zuneigung wurde. Als Revenga ahnte, was geschehen könnte, war seine Eigenliebe bereits angestachelt, seine Phantasie entflammt. Trotzdem dauerte das Feuer nur kurze Zeit: Der treue Gatte und Ehrenmann wurde sich bewußt, daß er Schluß machen mußte mit einer Beziehung, die keine Zukunft hatte und für die es keine Entschuldigung gab. Gern opferte er einige Tausender, um Costavillas Schiff wieder flottzumachen, und trennte sich von Anita Dolores mit dem Vorsatz, sie nie wiederzusehen.

Er hatte nicht mit den Gesetzen der Natur gerechnet: In einem abgelegenen Provinzort brachte Anita Dolores ganz im geheimen ein Kind zur Welt. Es war die Strafe der Vorsehung, nicht nur für sie, sondern auch für Revenga, der keine eigenen Kinder hatte und auch auf keine hoffen konnte.

Die Straßenbahn fuhr nun schneller, und im schaukelnden Lampenlicht, das sich in der vereisten Scheibe spiegelte, versuchte Revenga, Herr seines Grams zu werden. Nie würde er sein Töchterchen sehen; nie würde er es in die Arme schließen, nie es auf seine Knie setzen, nie dürfte er es lächelnd küssen … Anita Dolores war unbeugsam in ihrer Rache und hatte es versteckt, hatte es verschwinden lassen. Verschwinden lassen …?

Zu wie vielen Vermutungen dieses Wort doch verleitet! Was war aus dem Kind geworden? Wo war das im Stich gelassene Geschöpf jetzt um diese Zeit, da er bald in sein reich ausgestattetes Haus treten würde, wo elektrisches Licht das Eßzimmer hell erleuchtete und knisternde Eichenscheite angenehme Wärme verbreiteten? Wo war es jetzt, da die Traulichkeit seines Heimes ihm entgegenlächelte und die Weihnachtssüßigkeiten bereitstanden? In welcher unwirtlichen Bauernhütte, in welchem eiskalten Schlafsaal eines Waisenhauses mochte es wohl sein? Lebte es überhaupt noch? War es wünschenswert, daß es noch lebte?

Revenga erschauerte vor innerer Kälte, schlug den Mantelkragen hoch und drückte den Hut fester in die Stirn. Tiefe Betrübnis lastete auf seiner Seele. Eben war er bei Freunden von Costavilla gewesen, hatte wie immer unauffällig nach Anita Dolores gefragt und Bestürzendes erfahren. Anita Dolores heiratete! Costavillas neuer Geschäftspartner war der Bräutigam, ein einsatzfreudiger fähiger junger Mann. Nicht Eifersucht quälte Revenga, nicht Erinnerungen an Vergangenes raubten ihm den Schlaf... Er dachte an das Schicksal seines Kindes, und die bevorstehende Heirat verdunkelte die ungewisse Zukunft noch mehr. Es durfte ja niemand glauben, daß er mit britischer Seelenruhe dasitzen und die Arme verschränken würde! Anita Dolores sollte sich vorsehen! Schon morgen in aller Herrgottsfrühe würde er das Kind von ihr fordern und wenn nötig, es sogar auf einen Skandal ankommen lassen! Skandale waren zwar seiner Wesensart zuwider; ein Skandal konnte seine Frau

Isabel lebensgefährlich verletzen, denn bei dieser Gelegenheit würde sie erfahren, was sie niemals wissen durfte ... Gleichgültig, er würde den Skandal vom Zaun brechen, bei allen Heiligen! Er war entschlossen, kein Blatt vor den Mund zu nehmen, wenn nötig die Hochzeit platzen zu lassen, die Polizei auf den Plan zu rufen; das Kind mußte er bekommen, und er würde es Leuten in Pflege geben, die gut für es sorgten; er würde ihm eine sorgfältige Schulbildung zukommen lassen und darauf bedacht sein, daß es ihm an nichts mangle; vor allem aber dürfte er es sehen, es herzen und küssen und ihm zum nächsten Weihnachtsfest Geschenke bringen ... Fest entschlossen ballte er die Fäuste und biß die Zähne zusammen. Neuer Morgen, brich an!

Inzwischen war Revengas Gattin Isabel in ihrem Ankleideraum mit der Toilette so gut wie fertig geworden. Das Dienstmädchen knöpfte ihr noch den dunkelblauen Seidenrock mit dem Rankenmuster zu und steckte das Spitzentuch fest, das auf der Brust mit einem brillanten- und saphirbesetzten Kreuz zusammengehalten wurde – Revengas letztem Geschenk aus Paris. Mit unschuldiger Koketterie strich Isabel sich das gewellte Haar zurecht und schaute sich im dreiteiligen Spiegel an, um sich zu vergewissern, daß die Tränenspuren auch wirklich verschwunden waren, nachdem sie ihr Gesicht mit Kölnischwasser gewaschen und mit Puder leicht betupft hatte. Warum sollte man merken, daß sie geweint hatte!

Fertig angekleidet und geschmückt ging sie in ein kleines Kämmerchen neben ihrem Schlafzimmer, wo sie sonst ihre Reisekoffer aufbewahrte; heute aber sah es ganz anders aus als gewöhnlich. Schwere Damast- und Seidenvorhänge polsterten die Wände, an der Decke war eine Kordel mit elektrischen Lämpchen gespannt, und der Boden war mit weichen Teppichen belegt. Auf einem Brettergestell an der Stirnseite war in etwa einer Elle Höhe eine Weihnachtskrippe aufgebaut, die klassische spanische Bethlehemszene mit Wiesen aus Moos, Seen und Bächen aus Glasscherben und Blechstücken, Wäldchen aus Ginsterzweigen, mit spitzen Kartontürmchen, mit Hirten aus Ton, mit gelben Dromedaren und mit den drei Weisen aus dem Morgenland, die in ihren roten Mänteln fast wie Spielkartenkönige aussahen. Zwei winzige Springbrunnen benetzten mit ihrem silberhell plätschernden Wasser die Zwergpflanzen, welche den offenen Stall einrahmten.

Isabel blieb stehen, betrachtete die feinen Rinnsale, lauschte ihrer rhythmischen Musik, und wieder kamen ihr die eigenen Tränen in den Sinn, und sie spürte, wie sie erneut in ihre Augen stiegen und ihr das Herz schwer machten ... Ungerechtigkeit, Schlechtigkeit, Lügen verletzten Isabel noch schmerzhafter als Beleidigungen. Warum wurde sie betrogen? Sie, die unfähig war, jemanden zu betrügen, sie, die alle Falschheit und Lüge verabscheute? Wie war es möglich, mit einem Lächeln und einer Liebkosung von ihr Abschied zu nehmen und dann in einem anderen Haus Stunden und Stunden in Gesellschaft einer anderen Frau zuzubringen?

Die Springbrunnen plätscherten leise seufzend, und auch Isabel seufzte; das fallende Wasser paßt mit seinem Rauschen zur Freude wie zum Leid: Für die einen klingt es wie ein himmlisches Konzert, für die anderen wie herzzerreißende Klage.

Isabels Seele klagte, forderte Rechenschaft, zeigte die Kränkungen auf, wies auf Recht und Vernunft hin. Hatte sie etwa ihre Versprechen nicht gehalten, die sie vor dem Altar im Gotteshaus gegeben hatte? War sie denn nicht stets treu gewesen, sanft, verliebt, gehorsam, keusch, eine gute Ehefrau eben? Warum brach also ihr Partner im geheimen den Lebensbund?

Sie richtete ihre tränenfeuchten verschleierten Augen auf die Weihnachtskrippe und auf ein leuchtendes Sternchen, das über dem Stall hing und den Blick auf die Heilige Jungfrau und ihr göttliches Kind lenkte. Isabel schaute sie lange an, als ihr plötzlich ein stechender Schmerz wie ein Messer durch die Brust fuhr. «Verlange keine Rechenschaft ...», schienen ihr die Figuren zu sagen, «klage nicht ... Du hast deinem Gatten nur die Hälfte eines trauten Heims gegeben; du hast ihm kein Kind geschenkt ...»

Die Frau stand eine Viertelstunde lang da, ohne die Weihnachtskrippe zu sehen, denn in der Finsternis ihrer Pein sah sie nur, was jeder Mensch in entscheidenden Augenblicken seines Daseins mit grausamer Deutlichkeit sieht: sein Versagen, den Riß, durch den das Unheil hereinbrechen mußte ... Sie seufzte tief auf, wie um ihre ganze Schwermut zu verscheuchen, und beruhigte sich nach und nach; ihre Aufgabe war, sich abzufinden, das Angenehme zu genießen und das Bittere sanft und bestimmt wegzuschieben. «Das Christkind sagt mir, daß ich richtig gehandelt habe, goldrichtig ...»

Ihre Lippen lächelten wieder, aber ihre Augen weinten noch, auch wenn die Tränen nicht mehr flossen. In eben diesem Augenblick hallten kräftige Tritte durch den Flur, und herein kam Julio Revenga. «Was bedeutet das?» fragte er seine Frau in scherzhaft verwundertem Ton. «Hast du dir zum Vergnügen eine Weihnachtskrippe aufgestellt?»

«Nicht zu meinem Vergnügen», antwortete Isabel bedeutsam und schon ganz heiter, «meine Knochen sind schon zu alt, als daß ich mich noch mit Krippenfiguren vergnügen könnte ... Sie sind dazu da, um ein Kind zu vergnügen ...!»

«Ein Kind!» wiederholte mechanisch der Ehemann. «Es wird doch wohl nicht unser Kind sein!» fügte er hinzu, ohne weiter zu überlegen, und vielleicht entsprach das seinem geheimen Sorgen und Sehnen.

«Was weißt denn du!» murmelte Isabel gelassen. Revenga war bestimmt bleich geworden. Er senkte den Kopf und wandte das Gesicht ab. Solche Worte weckten ein seltsames Echo in seinem Gemüt. Wie doch Isabel diesen einfachen Satz ausgesprochen hatte!

«Ich verstehe nicht ...», stammelte der untreue Ehemann mit eigenartigen Vorahnungen und seltsamen Vermutungen.

«Gleich wirst du verstehen ... Hast du keine Kinder, Julio?» fragte sie mit überschwenglich huldvollem Mitgefühl, aber ungewollt mischte sich Geringschätzung hinein.

Er antwortete nicht, sank auf die niedrige samtbeschlagene Bank vor der Krippe und saß vornübergebeugt fast kniend da. Die Welt stürzte auf ihn herab. Was er erahnte, war unermeßlich, unglaublich! Er wollte um Verzeihung bitten, sich entschuldigen, erklären ... aber seine Stimme versagte. Isabel trat zu ihm hin, noch ganz im Banne ihrer Empörung, aber herrlich in ihrer Großmut, und schlang ihm die Arme um den Hals: «Sprechen wir nicht mehr von der Sache ... Beruhige dich ... Schließlich waren wir doch recht einsam ohne Kinder, und manchmal war es langweilig still in unserem großen Haus. Meine Sehnsucht nach einem Kind war sehr, sehr groß, weißt du? Ich habe es dir nie gesagt, um dich nicht traurig zu machen. Vierzehn Jahre sind wir verheiratet, somit ist wohl die Hoffnung ... Was läßt sich da tun! Nicht wir entscheiden über diese Dinge ... Komm, Julio, Liebster, nimm es nicht so schwer ... Freue dich! Heute ist uns ein Kind geboren!»

Revenga küßte wortlos die Hände seiner Frau, überschüttete ihr Gesicht, ihr Kleid mit Küssen. Er zitterte, mehr wegen seines schlechten Gewissens und aus Scham – man muß es ihm zugute halten – als aus Freude. Endlich öffneten sich seine Lippen, und immer wieder brach es aus ihm hervor: «Wie hast du es erfahren ...? Schau, ich sehe diese Frau nicht mehr ... Ich schwöre dir, ich sehe sie nicht mehr ... Ich schwöre dir, sie bedeutet mir nichts, ich verachte sie, ich ...»

«Ich bin über alles im Bilde», antwortete Isabel ein wenig geringschätzig und doch beruhigend. «Es ist mir bekannt, daß du sie weder ansiehst noch anhörst. Aus Rache, daß du sie verlassen hast, kam sie, um mich ‹über alles zu unterrichten ...›, und um ihre Vergeltung voll zu machen, schickte sie mir das Mädchen ... Und da sie es mir schon gebracht hat – Donnerwetter! –, habe ich es nicht mehr hergegeben. Es ist in meiner Obhut, weißt du ...? Wir anerkennen es, bringen die Papiere in Ordnung. Diese Frau soll keinerlei Anspruch mehr haben ...»

Als die Gatten sich aus einer neuerlichen Umarmung wieder gelöst hatten, sagte Revenga: «Bring mir das Mädchen ... Ich kenne es noch gar nicht ...»

DAS KIND

Durch die trüben Scheiben des Dachfensters, die ohnehin das Kämmerlein nur ungenügend erhellten, drang an diesem düsteren Dezembernachmittag kaum noch Licht, und je finsterer es wurde, desto grausamer litt die Frau. Bisweilen meinte sie zu sterben – und sie wünschte es sogar –, so heftig riß und zerrte der Schmerz an allen Fasern ihres Leibes. Ihr Mann war nicht mehr da; eines Morgens war er verschwunden, man wußte nicht, wohin, doch man vermutete, nach Amerika – nicht eigentlich, um dort Arbeit zu finden, denn daran mangelte es hier nicht, eher lockte ihn wohl die Freiheit, seinen Lastern zu frönen, und seine Frau hatte er hier sitzengelassen, wie man in der Taverne ein leer getrunkenes Glas auf der Theke abstellt. Sie hingegen war im Elend zurückgeblieben, schutzlos und ganz auf Almosen angewiesen, hatte sie doch keinerlei Beruf gelernt, weil sie geradewegs vom Land gekommen war, um hier zu heiraten, und in dem Zustand, in dem sie sich jetzt befand, bekam sie nicht einmal eine Anstellung als gewöhnliches Dienstmädchen.

Und trotz allem, obwohl die Frau arm, allein und verlassen war und sich vor Qualen und Schmerzen wand, spürte sie für Augenblicke einen Anflug von Freude und Glück. Sie, die Ärmste, die wie ein unbrauchbarer Putzlappen von den Ihren weggefegt, in eine Ecke geworfen und vergessen worden war, ausgerechnet sie sollte nun

Leben schenken, aus ihren schmerzenden Eingeweiden ein neues Wesen hervorbringen. Ihre Gedanken flogen in alle Himmelshöhen, flogen im Taumel von ehrgeiziger Erwartung! Je dunkler es wurde, desto lauter hörte sie von der Straße her Rasseln und Knarren, schrille Pfeifen, Trompeten und Gitarrenakkorde, und sie dachte ganz stolz, daß dieses ganze freudige Gelärme für ein Kind war, für ein Kind, wie sie eines zur Welt bringen würde. Sie dachte überhaupt nicht an den großen Unterschied in der spirituellen Bedeutung; was verstand denn sie davon, die Ärmste? Sie sah einfach ein anderes Kind mit rosigen Pausbacken, feinem Flaum auf dem Kopf und einem Leib dazu; ein Kind wie das in der Krippe, das mit seinem frühen Lächeln in anmutiger Unschuld die Brust der Mutter suchte ...

Mit solchen Phantasien lösten sich ihre marternden Krämpfe ein wenig, und für Augenblicke schlummerte sie sogar ein – besser gesagt, sank in eine Art Dämmerzustand. Das Fieber nahm immer mehr Besitz von ihr und gaukelte ihr seltsame Traumbilder vor. Die Szenen in ihrem Hirn waren nicht einfach erfunden, stammten wohl aus Predigtfetzen, aus Gesprächen oder sonstigen Gedankensplittern, die sie da oder dort aufgeschnappt hatte, sicher auch von Krippendarstellungen, die die Nonnen zum Ergötzen der Kinder aus der Nachbarschaft jedes Jahr im Sprechzimmer des Klosters aufbauten. Mit solchen Bestandteilen arbeitete unbewußt die Vorstellungskraft der Frau, wenn aus lauter Erschöpfung der Schmerz, der sie zerriß, ein wenig nachließ.

Im milchig hellen silbrigen Mondlicht sah sie eine

schneebedeckte Ebene und ein offenbar schlafendes Dörfchen. Auf einmal schien der eisige Winterhimmel wie im Morgenrot aufzuflammen. Opalblauer Perlmuttglanz strahlte aus den Wolkenschleiern, und es sah aus, als ob eine riesige Perle das ganze Himmelsgewölbe in zauberhafte Regenbogenfarben tauche. Vor dem märchenhaften Hintergrund zeichneten sich feine Gebilde ab und fügten sich allmählich wie Nebelschleier zu festen Gestalten. Sie waren in wehende Tücher gekleidet, die in weichen Falten herabflossen, und jede Tunika hatte eine andere Farbe, aber alle so zart und fein, daß es eher Schattierungen als Farben waren. Die Köpfe der Erzengel – für solche hielt sie die unglückliche Frau – wuchsen aus langen schlanken Hälsen und waren von goldblondem Lockenhaar so dicht umwallt, daß es aussah, als trügen sie Aureolen. Ein Chor von Sonnen entstieg dem Opalhintergrund und verkündete die Frohbotschaft, daß endlich das Kind geboren sei. Halleluja! Halleluja!

Unten auf der Erde schritt eine jubelnde Menschenmenge über die hartgefrorene Schneedecke. Es waren aber keine prächtigen Erzengel, und sie waren auch nicht in schimmernde Seidengewänder gekleidet; Ziegenfelle hingen um ihre Schultern, darunter trugen sie grobe Wollhemden mit Hanfschnüren als Gürtel; sie stützten sich auf gekrümmte rohe Holzsstecken, und ihre schwieligen schwarzen Füße waren nackt. Vor sich her trieben sie Schafe und Lämmer, und die Frauen brachten in ihren Körben Eier und Honig zum Geschenk. Sie ließen auf dem Weg ihre rauhen Rasseln schnarren und spielten zur Begleitung einfache Melodien auf ihren Hirtenflöten. Einer trieb ein Eselchen an, das mit frischer Milch in Lederhäuten beladen war. Ein anderer trug einen Sack feiner Wolle, um dem Kind ein weiches Bettchen zu bereiten. Eine alte Frau hielt einen Hahn an den gespornten Füßen. Ein Mädchen streichelte zwei Turteltäubchen an ihrer Brust.

Jubilierend schritt der Zug voran, denn das Kind war geboren. Dieses Ereignis feierten sie mit ihren Gesängen. Deshalb hatten sie sich aufgemacht und waren nun trotz Eis und Schnee unterwegs zu dem Dörfchen, wo das Kind zur Welt gekommen war.

Die Frau in ihren Geburtswehen sah außerdem ein asiatisches Gefolge den Berg herunterreiten: Kamele und Dromedare, Pferde und Sklaven begleiteten drei orientalische Fürsten in prachtvoll wallenden hermelin- und zobelverbrämten Mänteln über reich mit Edelsteinen besetzten Gewändern. Auch sie waren auf dem Weg zu dem kleinen Dorf; der Schnee wirbelte unter den Hufen ihrer Reittiere auf; das Mondlicht ließ die vergoldeten Scheiden ihrer Krummsäbel aufblitzen und spiegelte sich in den schweren Diamanten auf ihren Hüten, womit die Reiherbüsche befestigt waren. Ihre Lippen murmelten Segenswünsche für das Kind; die Huldigungen der weisen Sultane galten dem Kind; sie begehrten nichts sehnlicher, als das Kind zu sehen, bevor sie wieder in ihre fernen Heimatländer zurückreisten. Auf den Knien wollten sie es anbeten, das Weihrauchfaß schwenken und das Kind in köstliche Düfte hüllen. Alles für das Kind! ... Ein frevlerischer Gedanke ermüdete die erschöpfte Frau aufs neue: «Auch du wirst ein Kind bekommen ... Aber niemand freut sich. Niemand nimmt es wichtig, nicht einmal sein eigener Vater. Und dich läßt man hier sterben, allein, verlassen, hilflos ...»

Ein eisig kalter Luftzug wehte zum Dachfenster herein, weckte die Frau auf, und ihre Wehen setzten mit neuer Heftigkeit ein. Als sie etwas nachließen, stellte sie fest, daß es Nacht geworden war. Im Zimmer war es stockfinster. Sie streckte ihre Hand aus und suchte die Streichhölzer. Aber da kam jemand mit festen Schritten herein und dahinter ganz leise noch jemand, eine alte Frau mit einer brennenden Kerze in einem Emailtellerchen. Sie erkannte die Kastanienfrau von der Ecke: Señá Engracia wohnte im gleichen Häuserblock und stand immer zur Verfügung, wenn sie irgend etwas brauchte. Der Mann mit den festen Schritten, der Doktor, brachte sein Mitgefühl und ein aufmunterndes Wort mit: «Machen Sie sich keine Sorgen ... Es geht voran, bald können Sie ganz beruhigt sein ... Mal sehen ...»

Nach der Untersuchung sagte er dann allerdings etwas weniger sicher: «Nur Mut! Ich hoffe, es geht alles gut ...»

Die Kastanienfrau zog unter ihrem weiten Umhang ein dampfendes Töpfchen hervor, reichte es ihr und erklärte: «Da habe ich ein wenig Suppe aufgewärmt, die ich von der Köchin des Bankdirektors bekommen habe. Señor Arróspide ist ein sehr reicher Herr ...»

«Das darf sie jetzt nicht essen», mahnte der Arzt, «sie hat erhöhte Temperatur, wir müssen vorsichtig sein.»

Die gute Nachbarin deckte das Töpfchen wieder zu und nahm auf einem Stuhl Platz: «Ist es schon bald soweit?»

«Ja, ich glaube, jetzt gleich … Ich gehe nicht mehr weg. Zu Hause werde ich zwar zum Essen erwartet – heute ist ja Heiligabend! – aber ich kann diese arme Frau jetzt nicht allein lassen.»

Der Lärm von der Straße her erstickte die Worte des Arztes und das Stöhnen der Gebärenden. Immer unerträglicher wurde der Tumult: weinselige Lieder, wüstes Geschrei, mißtönendes Musikdurcheinander … Aus der Straße war ein Schweinestall geworden. Vom unteren Stockwerk drangen nur noch ganz schwach einzelne Akkorde eines bürgerlichen Klaviers herauf. Auf einmal kündete ein gellender Schrei das Ende des Schmerzensdramas an …

«Da ist kein Lebenszeichen», stammelte der Arzt mitleidig; nie ließ ihn solches Unglück kalt.

Die Frau hatte traurig mitgehört, und ihre aufgerissenen Augen schweiften ziellos umher – vom Arzt zu ihrer alten Wohltäterin, von der Zimmerdecke zum Fußboden. Draußen im Treppenhaus sangen helle Kinderstimmen ein altbekanntes Weihnachtslied: «Ein Kind ist geboren – weiß, rot, bunt –, es wird die Welt erlösen …» Ja, jenes Kind war geboren; und ihres? Die Unglückliche fing in ihrem Fieberwahn an zu schimpfen und zu fluchen. Der Arzt wußte nicht, was sagen, um sie ein wenig zu trösten. Die Wissenschaft ist für solche Fälle nicht gewappnet …

Die alte Kastanienfrau aus dem einfachen Madrider

Volk sprang mit ihrer unverblümten Redeweise ein: «Komm schon, Frau, möchtest du wirklich lieber, dein Kind wäre gesund und kräftig auf die Welt gekommen, damit es dann später gegeißelt und an einen Pfahl genagelt würde und Galle zu trinken bekäme? Wolltest du das wirklich?»

Sie fiel erschöpft auf ihr Kissen zurück. Plötzlich durchströmte sie eine wunderbare Ruhe. Tränen flossen aus ihren Augen. Der Arzt strich über ihre Schläfen, fühlte ihren Puls: «Das Fieber ist gewichen ... Ich glaube, sie ist außer Gefahr.»

Draußen dröhnten die Geigen, Rasseln und Gitarren wie wahnsinnig.

«Heute ist ein ganz besonderer Tag, und heute abend sollte niemand allein essen müssen», sagte der Bankier Rosálbez zu seinem Freund, dem jungen Grafen Planelles, den er wie zufällig auf der Straße ganz nahe bei seinem prunkvollen Palast getroffen hatte. «Sie sind ledig, vielleicht haben Sie noch keine Verabredung zum Abendessen ... Wenn Sie die Freundlichkeit haben, uns zu beehren, um Punkt acht Uhr ... Ich werde allerdings nur wenig essen, mein Magen ist nicht ganz in Ordnung. Sie werden mein Teil wettmachen ...»

«Mit tausend Dank angenommen», antwortete herzlich der Graf, «ich hatte im Sinn, mit einigen Freunden im ‹Neuen Club› zu speisen. Ich teile es ihnen mit, und fertig – obwohl es eigentlich nicht einmal nötig wäre, es ihnen zu melden; wenn sie mich dort nicht sehen ...»

«Fein, abgemacht! Auf Wiedersehen also!» murmelte Rosálbez und sprang in seine Kutsche, die auf ihn wartete, um ihn wie jeden Tag zu einem Plätzchen zu fahren, von wo aus er zu Fuß zu einem gewissen Haus ging, vor dem er die Kutsche besser nicht anhalten ließ.

Es war «Pulcinellas Geheimnis», wie unsere französischen Nachbarn sagen würden;[6] in ganz Madrid war bekannt, daß Rosálbez Lucía die «Cordobesa» aushielt – die offenherzige Frau mit den vielen verführerischen Reizen – und daß es ihn teuer zu stehen kam: Wer hat, kann ausgeben.

Man muß wissen, daß der wohlhabende Rosálbez schon sechsundfünfzig Jahre alt war und daß seine Wesensart und sein Geschmack sich merklich verändert hatten. In früheren Jahren hatte in seinen Beziehungen zu Frauen das Begehren eine große Rolle gespielt: Er verlangte von ihnen Vergnügen für eine kurze Weile. Jetzt, da seine Körperkräfte allmählich nachließen, wurde er weicher, und er suchte gemütliches Wohlbefinden, das behagliche Gefühl töchterlicher Schmeichelei. Seine richtige Tochter Fanny begegnete ihm mit eiskaltem Respekt und passivem, mechanischem Gehorsam; bei der «Cordobesa» hoffte Rosálbez Spontaneität, liebevolle Wärme zu finden, etwas anderes, etwas, was die Asche aufrührte und zarte Flämmchen aufglimmen ließ. Mit dieser Hoffnung und diesem Wunsch klopfte er am Weihnachtstag an ihre Tür.

Lucía befand sich in ihrem Ankleidezimmer. Sie trug einen rosaroten Flanellmorgenrock. Das Dienstmädchen faßte mit einem breiten Kamm die pechschwarze Pracht ihres vollen gewellten Haares zu einem Knoten und zog sich unauffällig zurück, als der Beschützer eintrat.

Die «Cordobesa» lächelte; Rosálbez ergriff ihre Hand, strich immer wieder über die dunkle Haut und die fein gedrechselten Finger und drang mit folgendem Ansinnen in sie: «Wir essen also heute abend zusammen? Du gehst selbst in die Küche und gibst Anweisungen für die Mandelsuppe und das Schnitzkompott, wie sie in deiner Heimat zubereitet werden?»

Lucía senkte einen Augenblick die schweren seidenen Wimpern und verzog schmollend den bleichen

Mund, aus dem die weißen Zähne wie starre Milchglasstücke blitzten. «Ach, Liebster, was für eine Laune kommt dich an! Beim heiligen Raphael! Soll ich es dir singen oder beten? Du weißt doch, daß meine Kusine aus Ecija hier ist und daß sie mit mir zur Mitternachtsmesse gehen möchte. Wenn du dich damit zufrieden gibst, um acht Uhr mit mir zu essen und dich Punkt elf Uhr zu verziehen – meinetwegen; nachher habe ich eine Verabredung.»

Rosálbez brauste auf; das Blut schoß in seinen kahlen Schädel: «Verabredung! Das gefällt mir! Was für eine Verabredung ist denn für dich wichtiger als mit mir? Auf acht Uhr ist das Abendessen bei mir zu Hause angesetzt; an einem Abend wie heute will ich meine Tochter nicht allein lassen; außerdem ... habe ich eine Verabredung.»

«Oh! Gäste! Wen?»

«Leute, die du nicht kennst. Das Ehepaar Ruidencina, Mario Lirio, den Grafen Planelles ...»

Lucía lachte schallend heraus. Ihr Lachen war vulgär – nichts verrät Herkunft, Bildung und Wesensart so leicht wie der Klang des Lachens.

«Was lachst du?» fragte der Bankier ungeduldig.

«Über dich!» antwortete sie spöttisch. «Du bildest dir wahrhaftig ein, ich kenne diese Sorte Leute nicht! Ich kenne ganz Madrid!»

Das freche geringschätzige Lachen, das immer noch nicht aufhören wollte, tat Rosálbez weh. Er hätte viel gegeben für ein Fünkchen Sanftheit in den großen Araberaugen der «Cordobesa», für einen Anflug von Milde in ihrem dunklen Antlitz.

«Machst du mir ein Abendessen, ja oder nein?» fragte er nochmals trocken und bestimmt und spürte in der Hand ein Kribbeln, eine plötzliche Lust, die Spötterin grob zurechtzuweisen.

«Um Mitternacht... Schlage dir das aus dem Kopf, mein Kleiner», erklärte sie mit der gleichen abschätzigen Unbeugsamkeit.

«Also gut!» gab Rosálbez schnippisch zurück, stand auf und ging zur Tür.

Schon in der Mitte des Flurs hörte er hinter sich Schritte und Lucías Stimme, die ihn scherzend zurückrief; aber statt sich umzudrehen, schritt er schneller aus, schob geräuschvoll den Riegel der Haustür auf und eilte die Treppe hinunter. Als er auf dem Plätzchen stand, fiel ihm ein, daß er seinen Wagen verabschiedet hatte, und ging zu Fuß weiter, um so seine Erregung abzukühlen. Plötzlich wußte er es klar und deutlich; er begriff, was da geschehen war. Unumwunden gestand er es sich ein: Er war in Lucía verliebt, in die ungebärdige «Cordobesa» mit dem Zigeunerblut. Bis dahin hatte er sie wie ein Möbelstück betrachtet oder wie einen Luxusgegenstand: mit vollkommener Gleichgültigkeit. Aber bedingt durch sein kritisches Alter war er weicher geworden, und ein bisher unbekanntes Gefühl war in ihm gewachsen. Als nun die Heilige Nacht näher kam, die der reinen Liebe geweihte Nacht, in der jeder Mensch den Wunsch hat, den Kopf an eine liebende Brust zu lehnen, da träumte Rosálbez davon, daß es Lucías Brust sein würde, und der Schmerz ob seiner Enttäuschung war ihm Gradmesser für seine Sehnsucht. «Nach allem, was ich für sie getan habe», dachte der Bankier, «ich habe sie aus Not und Elend herausgeholt; sie verdankt mir sogar die Luft, die sie atmet. Ich habe noch nie jemanden so gut behandelt wie sie; ich habe sie mit Wohlstand und Luxus ausgestattet; ich bin ihr sogar mit Achtung und Respekt begegnet ... Ich liebe sie, ich verehre sie ... Die Undankbare!»

Der Gedanke an Lucías Undankbarkeit besänftigte Rosálbez ein wenig: Er empfand nun Mitleid mit sich selbst. Er haderte mit seinem Schicksal: In dieser Stunde, angesichts des drohenden Alters, bei vollem Geldbeutel, aber ausgetrockneter, verdüsterter Seele, brauchte er Liebe und Zuneigung, um das schwarze Loch zu stopfen. Seine Frau war Baskin gewesen, eine harte, strenge Hausfrau, eine kalt rechnende Verwalterin, nur darauf bedacht, mit einem straffen Sparplan im Haushalt ihren Beitrag zu den kühnen Spekulationen ihres Gatten zu leisten. Als sie starb, vermißte er sie, weil die Köche ihn bestahlen und die Haushaltsausgaben beträchtlich stiegen. Ihre einzige Tochter Fanny war sehr fromm und von Natur aus ernst und schweigsam. Es lag ihr nicht, dem Vater zu schmeicheln, denn sie betrachtete ihn eher als einen Vorgesetzten, der Befehle erteilte, ein höheres Wesen, zu dem es keine Gefühlsbindung gab. Jetzt gerade stand sie völlig im Banne ihrer Liebe zum Grafen Planelles, aber sie war noch nicht förmlich mit ihm verlobt. Rosálbez war davon unterrichtet, und so beeilte er sich in einer plötzlichen Anwandlung von Güte und beseelt von dem Wunsch, ein lächelndes Gesicht zu sehen, so rasch als möglich nach Hause zu kommen, in Fannys

Wohnzimmer zu treten und ihr die Nachricht zu überbringen, Planelles sei zum Weihnachtsessen eingeladen. Es bedeutete soviel wie: «Ich billige eure Verbindung, er ist nun dein Verlobter.»

Als Fanny die Neuigkeit vernahm, wurde sie rot wie eine Kirsche, sie zitterte, sagte aber nur: «Es ist gut...»

Rosálbez hatte sich etwas anderes ausgemalt: daß sie ihm um den Hals fallen, daß sie sich in die Arme schließen würden. Eben hatte er eine mögliche Lösung für sein Leben sich abzeichnen sehen: sich mit seiner Tochter zu verbünden, ein Heim für sich in ihrem Heim zu schaffen, die Enkel zu verehren und zu verwöhnen, die Gott ihm senden mochte. Schon sah er vor sich eine lange Reihe von künftigen Weihnachtsfesten mit gemütlichen Familienessen, mit einem Christbaum voller Spielsachen und vergnüglicher, liebevoll vom Großvater ausgesuchter Überraschungen. Er meinte schon, auf seinen Knien das Gewicht des Ältesten zu spüren, und stellte sich vor, wie die warmen Händchen der Kleinen seinen Bart kraulten. Ja, das war es, das Gute, das Ehrenhafte, das Würdige, das mußte getan werden! Ganz ergriffen trat er auf Fanny zu, küßte ihre marmorne Stirn und trank gierig die Reinheit der jungfräulich frischen Haut.

Großartig war das Essen, das um Punkt acht Uhr aufgetragen wurde. In nichts glich es dem, das er sich bei der «Cordobesa» gewünscht hatte: Es gab keine Mandelsuppe, keine Brachse mit Zitronenscheiben, kein Kompott mit Zimtstreifen. Zu solch klassischen Familiengerichten lassen sich Köche nicht herab, die Tausende von Peseten Lohn bekommen. Auf der Tafel des Bankiers fuhren die schmackhaftesten Fische und Krustentiere auf, nach erlesenster französischer Art zubereitet, und zu trinken gab es kostbare alte Weine. Das Meisterstück des Kochs war die Nachahmung eines gekochten Schinkens aus gepreßter Fischmasse (das Fastengebot am Vorabend von Weihnachten durfte nicht übertreten werden), die nicht nur die Augen, sondern auch den Gaumen täuschte. Fanny saß zur Rechten des Mannes, den sie bereits als ihren Bräutigam betrachtete, im Schatten des Tafelaufsatzes, eines kunstvollen Straußes aus weißem, im Wintergarten zum Blühen gebrachtem Flieder, aus Blütenzweigen und roten Kamelien. Sie unterhielt sich gelassen mit ihm, doch als Rosálbez die beiden verstohlen ansah, entschlüpfte ihm unwillkürlich die Bemerkung: «Aber Planelles, wie wenig Sie essen!»

Worauf der Graf zur Antwort gab: «Mein Magen ist eben nicht ganz in Ordnung ...»

Dieser so einfache Satz ließ den Bankier aufschrekken. Es war genau derselbe, den er am Vormittag gebraucht hatte, als er Planelles einlud und sich dabei vornahm, Hunger für das andere Abendessen aufzusparen, das intime Mitternachtsmahl bei Lucía. Die eigenartige Übereinstimmung, die vorerst noch nicht entschlüsselt war, traf seine Gedanken wie ein Blitz. Wer wird jemals herausfinden, was für unerklärliche Fäden vom leisen Verdacht bis zur Entdeckung der ganzen Wahrheit führen? Nicht der leidenschaftliche Beschützer der «Cordobesa», sondern Fannys Vater schaute seinem zukünftigen Schwiegersohn tief in die Augen und dachte kühl berechnend bei sich: «Mir machst du nichts vor. Du fastest, um Appetit für nachher aufzusparen. Ha! Dir spüre ich nach. Suchst du bei meiner Tochter Geld oder Liebe? Nimm dich in acht vor mir!»

Der Eindruck verfestigte sich, als der Graf trotz Fannys Ankündigung, sie werde Punkt zwölf Uhr ein Glas Champagner auftragen, um mit den Tischgästen die Geburt des Herrn zu feiern, kurz und bündig erklärte, er werde sich nun verabschieden.

Eine Viertelstunde nach dem Grafen ging der Bankier die weiße Marmortreppe hinunter und sprang in die erstbeste Mietkutsche an der Ecke. Der schäbige Wagen hielt vor der Haustür der «Cordobesa». Der Nachtwächter kam nicht – wie es sein Amt war – mit dem Schlüsselbund herbei, denn Rosálbez gab ihm regelmäßig großzügige Trinkgelder, damit er seinen eigenen Hausschlüssel benutzen durfte und auf diese Weise unangebrachte Geschäftigkeit vor dem Haus vermeiden konnte. Er trat in den dunklen Flur, wandte sich nach links, zündete ein Streichholz an und fand das Türschloß zum Zimmer im unteren Stock.

Er atmete tief erregt, als er den Schlüssel ins Schloß steckte. Immer noch zweifelte er! Wer weiß? Vielleicht war die «Cordobesa» als gute Andalusierin tatsächlich so traditionsgebunden, daß sie den Heiligen Abend nicht ohne den Besuch der Mitternachtsmesse, der fröhlichsten und innigsten aller heiligen Messen, feiern wollte? Welche Wonne, im kleinen blauen Plüschzimmer auf sie zu warten und ihr, wenn sie um ein Uhr heimkäme, das Etui mit dem Perlengeschmeide – dem neuesten Modeschrei – in den Schoß zu legen! Der Bankier drehte geräuschlos den Schlüssel; unter seinen Füßen spürte er den Teppich des Vorzimmers. Er zündete die Tulpenlampe an und hörte gleichzeitig fröhliches Gelächter aus dem Eßzimmer. Auf den Zehenspitzen schlüpfte er ins Ankleidezimmer rechts vom Flur: Er wollte wissen, woran er war; er wollte es sehen, er wollte es erfahren, er wollte Gewißheit über die Niedertracht. Vom Ankleidezimmer ging er ins Kabinett, und von dort aus war es leicht, durch die Glastür zu sehen, was im Eßzimmer vor sich ging. Rosálbez bückte sich und schob den Vorhang ein wenig zur Seite ... Vor sich hatte er die «Cordobesa» mit der prächtigen Mantilla und Blumen im aufgeknoteten Haar; neben ihr hob Planelles das Glas.

Der Bankier wich zurück; er lehnte sich ins Sofa und meinte, eine Hand drücke ihm die Kehle zu, um ihn zu erwürgen. Er war vollständig vernichtet; nicht nur er war aufs schlimmste verhöhnt, nein, seine arme Fanny war es mit ihm. Das Gelächter, die lustigen Lieder, die vom Eßzimmer herüberdrangen, trafen ihn wie Peitschenhiebe. Er stand auf; tastend suchte er den Ausgang und gelangte in den Vorraum. Er ließ die Tür offenstehen; wieder auf der Straße, warf er den Schlüssel in den erstbesten Abwasserschacht, stieg in einen Wagen und nannte seinen Wohnsitz. Die Räume seines Palastes waren immer noch hell erleuchtet; Fanny verabschiedete im Vorzimmer die Gäste; als sie fort waren, trat Rosálbez auf seine Tochter zu, nahm sie bei der Hand und stotterte: «Nur Mut! Erschrick nicht ...! Eben ist mir der Nachweis gelungen, daß Graf Planelles deiner nicht wert ist; er ist ein Schuft und betrügt dich mit der erbärmlichsten aller Dirnen. Ich schwöre es dir, dein Vater schwört es dir, er hat sich selbst davon überzeugt, daß es so ist... Nie und nimmer werde ich dulden, daß er seinen Fuß nochmals auf diese Schwelle setzt.»

Fanny erwiderte gar nichts, wurde weiß wie ihr Kleid und stammelte nur: «Ich werde ins Kloster ‹Maria Hilf› eintreten.»

Rosálbez sah vor sich eine lange Reihe künftiger Weihnachtsfeste in Einsamkeit und Kälte, ein riesiges finsteres Loch in seinem Dasein...

«Die Señora wartet schon», sagte auf deutsch das «Fräulein»; und Nora trippelte folgsam, wie kränkliche Kinder sind, mit der Hand am Geländer sogleich die Treppe hinunter, stieg allein in die Kutsche und setzte sich neben ihre Mama; diese neigte sich, als die Kutsche losfuhr und das Mädchen in seinem aufwendigen Putz so ernst und nachdenklich dasaß, zu ihm und drückte ihm einen Kuß auf das winzige Stück Wange, das zwischen dem breiten Hut und dem hohen Pelzkragen frei blieb. «Weißt du eigentlich, wohin wir fahren?» fragte sie fröhlich und strich sich mit ihrem seidenweichen Muff über die kalte Nase. «Wir fahren zum Kloster.»

«Zu Tante Leonor?»

«Zu wem denn sonst? Und zur Frau Äbtissin und allen anderen Nonnen.»

Nora dachte nach, und ein Funken Heiterkeit glomm in ihren traurigen Augen mit den weit offenen Pupillen auf, als wäre Tollkirschenextrakt hineingeträufelt worden. Jetzt um die Weihnachtszeit herum verband sich mit dem Wort «Kloster» die Erinnerung an tausenderlei Schleckereien und andere feine Sächelchen, die Kinder so begeistern, weil sie aus klösterlich-kindlichem Geist gefertigt sind ...

Die Señora hatte sich mittlerweile zum Fenster gedreht und lächelte in Vorfreude auf eine andere Art Verlockungen ... Seit zweieinhalb Jahren war sie Witwe, und die kühne Eleganz ihrer Mütze mit der Veilchenbordüre und dazu das violettrote Lodenjackenkleid mit dem jugendlichen Schnitt und dem Pelzbesatz verrieten klar und deutlich, daß sie sich von ihrem Schmerz nicht nur erholt hatte, sondern daß er überwunden und vergessen war. Ja, sie war getröstet. Was war Schlimmes dabei? Und wenn sie jetzt nicht sofort wieder heiratete, so nur, damit sie von den Lästermäulern nicht zerfleischt wurde ... Wenn dann drei Jahre vorbei waren ... Bis dahin sollte Nora nichts erfahren. Warum den Kindern etwas zumuten, was sie noch nicht verstehen können? Hier erlosch ihr Lächeln. Als die eigentliche Witwe hätte man nämlich nach dem Tod ihres Vaters die kleine Nora bezeichnen können: Sie hatte seither nie mehr gespielt und nie mehr gelacht, und alle Rezepte der Ärzte und alle Fürsorge der Mutter verhalfen dem Gesicht des Waisenkindes nicht wieder zu gesunder Farbe. «Man könnte meinen, dieses Kind sei eine Wachsfigur ...», sagten die Freundinnen, und die Dienstmädchen wiederholten es; und jedesmal, wenn die Señora es hörte, durchfuhr sie ein nervöser Schauder: Die gelbliche Farbe erinnerte sie an ein anderes wachsfarbenes Gesicht im Kerzenschein, das eines Toten ...

Sie hatte noch keine Ahnung, wie sie dem Kind im entscheidenden Augenblick mitteilen sollte, daß es wieder einen «Papa» bekomme ... denn genau an diesem Vormittag vor Weihnachten war auf einem Spaziergang im Retiro-Park[7] – als die Sonne die menschenleeren Kieswege vergoldete – die Vereinbarung getroffen worden, daß Nora im Kloster bleiben solle (natürlich im

«Kloster der Auferstehung Christi» in der Obhut ihrer Tante Leonor Arlanza), bis sie alt genug wäre, ins Gesellschaftsleben eingeführt zu werden. «Wenn erst das Leben seine Forderungen an sie stellt ... Sie ist einfach rundum verwöhnt.» Das zumindest war die Ansicht des künftigen «Papa», und die Señora hatte schließlich zugestimmt, allerdings nach längerem Schwanken zwischen Besorgnis und Überzeugung. Im Kloster würde wenigstens ihre Wachskerzenblässe nicht auffallen, auch nicht ihr frühreif ernster Gesichtsausdruck, der mit jedem Tag und bis in alle Einzelheiten dem des Verstorbenen ähnlicher wurde.

Die Sache war beschlossen. Während die Nonnen sich mit dem Kind abgaben, ihm durch die Gitterstäbe im Sprechzimmer Spielsachen zuschoben und mit allerlei Späßen ihre Freude und Zuneigung bekundeten, verhandelte die Mutter mit der Äbtissin. Ja, es ging um eine unaufschiebbare Reise ... Wie lange sie fort sei – wer könne denn das wissen? Vielleicht ein Jahr, möglicherweise noch länger ... Die kleine Nora müßte dann nicht immer wieder die Pension wechseln ... Im Kloster wäre sie ausgezeichnet aufgehoben.

Die Äbtissin nickte zustimmend; wo denn besser als hier? Hier in der Abgeschiedenheit, bei ihrer Tante und den Nonnen, konnte sie sich weit weg von den Gefahren der Welt in aller Ruhe auf ihre Erstkommunion vorbereiten ... Sie dürfe Nora bringen, wann sie wolle, ohne weiteres; sie solle Nora einfach bringen, und sie werde ein Wunder erleben. Mutter Leonor freue sich bestimmt sehr darauf, ihre kleine Nichte bei sich zu haben ...!

Als die Señora der greisen Nonne zuhörte, aus deren zahnlosem Mund der Speichel tropfte, wichen alle ihre Skrupel, und sie beschloß, die ganze Last der Mutterschaft abzuschütteln. Für das Kind war gesorgt! Sie durfte es loslassen, ihrem eigenen Glück entgegeneilen wie ein Schiff, das frei von Ballast über die Wellen gleitet...

Kind und Mutter stiegen wieder in die Kutsche. Es war ein eisigkalter Dezembertag, die Straßen waren um diese Zeit fast menschenleer. Dichter grauer Nebel legte sich nun über Madrid, und da hinein streuten die Gaslaternen ihre gelblichen Lichtkreise wie riesige gespenstische Eulenaugen. Auf einmal stupste Nora die Dame am Ellbogen. «Schau, was ich hier habe!» sagte das Kind recht frohgemut und öffnete seinen Mantel ein wenig.

Die Dame beugte sich hinunter, und im schaukelnden Lichtkegel der Kutschenlaterne sah sie einen kleinen Gegenstand, ein nacktes Püppchen... Es war das klassische Jesuskind der Nonnenklöster mit idealistisch keuschen Körperformen, aber so ungeschickt modelliert und klein, vor allem aber so totenblaß, daß die Señora laut herauslachte: «Ach, was für ein häßliches armes Püppchen! Wenn man nicht wüßte, daß es das Christkind ist...!»

Nora wurde plötzlich still und antwortete dann leise, aber mit Nachdruck auf die Bemerkung der Mutter: «Häßlich vielleicht schon, aber es sieht mir sehr ähnlich.»

Und weil die Mutter über den überraschenden Einfall wieder zu lachen anfing, fügte sie noch hinzu: «Aber es ist doch wahr. Frage nur das ‹Fräulein›, ob wir uns ähnlich sehen oder nicht. Es sieht doch genauso aus wie ich! Wie ich, aus Wachs. Bin ich denn nicht aus Wachs, Mama?»

«Was für ein Unsinn!» entfuhr es der Señora, unwillkürlich geängstigt, weil der Vergleich ihr Gewissen getroffen hatte. «Warum solltest du denn aus Wachs sein? Du bist doch aus Fleisch und Blut, Dummerchen!»

«Ich habe es ganz genau gehört», redete das Mädchen beharrlich weiter, «daß ich aus Wachs bin; ganz gewiß, ich habe es gehört. Und am letzten Donnerstag, als die Damen bei uns zu Besuch waren, weißt du noch, die Vivaldos ... da habe ich genau gehört, wie sie beim Hinausgehen sagten, daß ich darum – weil ich eben aus Kerzenwachs bin – wie eine Tote aussehe. Ist es wahr, Mama, sind die Toten aus Kerzenwachs? Ist dieses Christkind tot? War Papa aus Wachs, als er gestorben war?»

Die Beklemmung der Señora wurde so schlimm, daß es ihr vorkam, als presse eine eiserne Faust ihr Herz mit aller Gewalt zusammen und versuche, es zu zerdrücken. Das langsame Rollen der Kutsche im Nebel; die bange flehende Stimme des Kindes; das Gesichtchen, in dem Mund und Augen im Dunkel verschwanden und fast nur noch Stirn und Wangen etwas heller herausschauten, alles trug dazu bei, die gefürchteten Erinnerungen an das Begräbnis heraufzubeschwören, die immer wieder ihr Gemüt verdunkelten und die sie sehnlichst abzuschütteln wünschte. «Aber warum sollte denn dieses Kind tot sein, meine Kleine», stammelte sie, um der anderen Frage auszuweichen, «es ist doch das Jesuskind! Weißt du denn nicht, daß es morgen geboren wird, mitten in der Nacht? Komm, sag doch nicht solche Sachen ...»

«Und wenn es morgen geboren wird ... darf ich dann seine Mama sein?» bohrte das Kind weiter.

«Ja, ohne weiteres ...», antwortete die Señora schon etwas erleichtert, zog das Kind zärtlich an sich, aber bevor noch ihre Lippen sein Gesichtchen berühren und einen Kuß darauf drücken konnten, küßte das Kind schon das bleiche Wachsgesicht des Püppchens und murmelte: «Das ist mein Bübchen ... Es darf in meinem Zimmer schlafen, und wir bleiben immer beisammen. Nicht wahr, Mama? Kinder ... gehören zu ihrer Mutter.»

Das Gesicht der Señora war tränenfeucht; frischer lebendiger Tau strömte aus ihrem Herzen in die Augen und weitete ihre Seele, in der die Mutterliebe zwar eingeschlummert war, aber immer noch kräftig atmete. Plötzlich drückte sie Nora mit wilder Heftigkeit an sich, ihr Instinkt war erwacht, brach sich gewaltsam Bahn, und in feierlichem Ton, als handle es sich um einen Eid, sprach sie: «Kinder gehören zu ihrer Mutter ... Klar, mein Engel.»

Die Spielsucht beherrschte mich. Wenn ich sage Spielsucht, so muß ich beifügen, daß sie mir nicht als solche vorkam, und ich verstand auch nicht, daß das Gesetz sie unterdrücken durfte, ohne gegen das selbstverständliche Recht des Menschen zu verstoßen, Hab und Gut zu verlieren, wie auch, es zu erwerben. «Sein Eigentum darf jeder gebrauchen und mißbrauchen, wie er will», wiederholte ich immer wieder verächtlich und lachte über die wohlmeinenden Ratschläge ängstlicher Freunde.

Trotz meiner Geringschätzung der allgemeinen Meinung versuchte ich mit allen Mitteln, zu Hause meine unbändige Leidenschaft zu verheimlichen. Ich hatte, bis über die Ohren verliebt, ein reizendes Mädchen mit Namen Ventura geheiratet, und noch enger war unsere Verbindung durch das süße Pfand eines Kindes geworden, das jetzt noch zu klein war, selbst zu mir zu kommen, wenn ich es rief. Um meiner Gattin Angst und Bangigkeit zu ersparen, verbarg ich meine Spiellust wie ein Verbrechen und wählte geschickt die Stunde aus, sie zu befriedigen. Ich wandte die gleichen Vorsichtsmaßnahmen an, wie wenn ich neben meiner Frau eine Geliebte hätte, wenn ich ins Kasino gehen wollte oder sonst an einen Ort, wo es beim Umdrehen einer Karte um ganze Hände voll Gold oder um noch mehr geht. Ich erfand alle möglichen Ausreden – Börsengeschäfte, Verhandlungen mit politischen Gesinnungsfreunden, Krankenbesuche, unumgängliche Einladungen –, um meine häufige Abwesenheit zu rechtfertigen und meine Erregung, mein schlechtes Aussehen, meine Schlaflosigkeit, die plötzliche Freude und ebenso plötzliche Niedergeschlagenheit zu erklären, denn meine Nerven waren durch die stärkste und vielleicht abgründigste aller Leidenschaften zerrüttet, die ein Mensch haben kann.

Seit geraumer Zeit verfügte ich nur über das, was das Spiel mir einbrachte. Besitzer eines ansehnlichen Vermögens, hatte ich meine Landgüter nach und nach veräußert, um meine Verluste zu decken. Dann war mir das Glück lange hold, aber ich legte die Gewinne in leicht verkäuflichen Wertpapieren an, und diese waren durch Rückschläge der jüngsten Zeit bereits wieder ziemlich zusammengeschmolzen. Nichts von alledem merkte meine Ventura, denn wie fast alle Frauen nahm sie das Geld aus der Hand ihres Ehemannes entgegen, ohne nach seiner Herkunft zu fragen. Meiner Liebe sicher, lebte sie sorglos und glücklich in ihrem Heim dahin; sie kam nie auf den Gedanken, erfahren zu wollen, wie es um unsere Vermögensverhältnisse stand, und vielleicht wünschte sie nicht einmal, darüber Bescheid zu wissen. Wenn es mir gutging, schenkte ich ihr kostbaren Schmuck und kaufte ihr schöne Kleider; wenn es mir schlechtging, genügte mein Hinweis, und sie schränkte in wortlosem Einverständnis ihre Ausgaben ein und schob die Zahlungen auf. Meine Gattin also verursachte mir keinerlei Kopfzerbrechen, und sie von der richtigen Spur abzulenken, schien mir kinderleicht; hingegen flößte mir jemand anderes aus ihrer Familie unbegreiflichen Argwohn ein.

Dieser Jemand war Venturas ältester Bruder, mein Schwager Bernardo, ein Mann von wachem und scharfem Verstand und heißblütigem Wesen, der aus mir unbekanntem Kummer oder aus schmerzlichen Enttäuschungen die kirchliche Laufbahn eingeschlagen hatte. Bernardo übte sein Amt mit Feuereifer aus, sein Opferdurst verzehrte ihn, mergelte seinen Körper aus, und eine unheimliche Flamme flackerte stets in seinen blauen Augen. Wenn er sie auf mich heftete, sprach Mißtrauen und Härte daraus. Sicher spürte der uneigennützige Heilige, der dafür lebte, das Gute zu tun, die entfesselte egoistische Leidenschaft in meinen schwarzblau umränderten Augen und in meiner zitternden Hand, die ich ihm zum Gruß entgegenhielt. Ich fühlte mich unbehaglich und mißmutig in seiner Gegenwart, wie jemand, der sich in schmutzigen Kleidern auf einem belebten Spazierweg dem Sonnenlicht aussetzen muß. Bernardo wohnte nicht in Madrid; er war immer voll beschäftigt mit gemeinnützigen Aufgaben – er gründete Heime und wohltätige Vereinigungen – und kam deshalb nur zweimal im Jahr zu uns auf Besuch: an Ostern und an Weihnachten.

Dieses Fest stand eben bevor, als das Spielglück, das mir schon eine Zeitlang nicht günstig gesinnt war, sich zornig von mir abwandte. Die Pechsträhne war so beständig und so grausam, daß sich alle meine Hoffnungen zerschlugen. Meine ausgeklügelten Tricks mißlangen, meine gewohnte Geschicklichkeit versagte, mein Spürsinn trog mich, und jede Spielkarte, die ich berührte, bedeutete Unglück. Verbissen darauf, das Verlorene wettzumachen, stürzte ich mich mit blindwütiger Gier ins

Spiel und erschöpfte meine Mittel, um das Schicksal zu bezwingen. Die Ahnung, daß das Verhängnis bald über mich hereinbrechen würde, verdoppelte meine Verzweiflungskräfte. Schon hatte ich auf mein Ehrenwort eine erkleckliche Summe geborgt und suchte nun einen Geldverleiher auf – den schlimmsten und schamlosesten Wucherer –, warf mich in seine Klauen wie jemand, der die Augen schließt und sich in den Abgrund stürzt, unterschrieb, ohne zu zögern, alles, was er wollte, und setzte sogar meine Ehre aufs Spiel, nur um sofort in den Besitz der Geldsumme zu kommen, die ich brauchte, um meine Schulden im Kasino zu begleichen und den Handstreich meines Lebens zu versuchen. Ich war entschlossen, den Tag nicht zu erleben, an dem ich Ventura gestehen mußte, daß uns die Armut und die Schande obendrein bevorstünden. Allerdings war ich schon manchmal versucht gewesen, zu ihr zu sagen: «Stell dir vor, ich wäre Kaufmann; ich bin bankrott, wir müssen uns damit abfinden und arbeiten!» Sogleich aber war mir klar, daß es unmöglich, ja unsinnig war, die Folgen meiner Verstrickung als «Bankrott» zu bezeichnen. Wenn ich meiner Frau zu Füßen fiel und ihr die Wahrheit gestand, so mußte ich sie um Verzeihung anflehen wie jemand, der seine Pflichten versäumt hat. Nein, lieber vorher sterben! Sterben schien mir überhaupt die einzige Lösung in diesem schrecklichen Zwiespalt. In solchen Augenblicken wurde mir sonnenklar, daß der Tod das natürliche und folgerichtige Ergebnis meiner Lebensauffassung war und daß das Recht auf das Spielen soviel wie Selbstmord bedeutete: Beides war ein und dasselbe ... «Brauchen und mißbrauchen», und dann furchtlos in den Tod gehen.

Mit solchen Gedanken kam ich am 24. Dezember nach Hause; in der Tasche hatte ich das Geld, das ich vom Wucherer bekommen hatte. Kaum war ich im Vorraum, spürte ich mich schon am Hals und an den Beinen umarmt. Die eine Umarmung war die meiner Frau und Geliebten, die in stürmischer Liebkosung ihr Gesicht an meines drückte; die andere ... Wer anders kann unterhalb der Knie umarmen außer dem Kind, dem Püppchen, das sich bei seinen Gehversuchen noch irgendwo festhalten muß, um nicht vornüberzufallen?

Ich spürte einen Schmerz, als ob eine Axt mein Herz spaltete, spürte, daß mir die Tränen in die Augen schossen, und um sie zu verbergen, riß ich mich unvermittelt los und fragte: «Was gibt es denn? Was soll das bedeuten?»

«Bernardo ist da», antwortete Ventura verwundert über meine Barschheit.

«Onkel Nado», plapperte die Kleine nach und jauchzte laut heraus.

«So nimm», sagte ich und drückte Ventura ein Bündel Banknoten in die Hand, «sorge für ein Abendessen, aber ein feines, so wie ich es gern habe ... Doch jetzt laß mich bitte allein; ich möchte ein wenig ausruhen, ich habe Kopfweh, ich hoffe, daß es bis zum Abend besser wird und ich mit Bernardo plaudern kann.»

Ventura gehorchte, und ich schloß mich ein, um so etwas wie ein Testament und einen Abschiedsbrief zu schreiben. Meine Zähne klapperten; mein Schriftstück war fertig, ich untersuchte meine Pistolen, lud sie, legte mich auf das Sofa und rauchte eine Zigarette nach der anderen, bis Ventura freudig erregt an meine Tür kam und mich liebevoll zum Essen bat. Es war noch früh, denn das Kind sollte an einem solchen Abend am Tisch nicht fehlen, und seine Mutter wollte es nicht bis in alle Nacht wachhalten. Wir gingen zusammen ins Eßzimmer, wo rosarote Kerzen brannten und das Silberbesteck und die Kristallgläser auf dem blütenweißen Tischtuch festlich funkelten.

Die Mandelsuppe dampfte einladend und verströmte himmlischen Duft; seltene Früchte türmten sich in der Mitte des Tisches auf, und der Wandspiegel mit den späten Rosen zu beiden Seiten warf das köstliche Bild zurück; in den Gläsern funkelte schon golden der Sauternes[8], und meine festlich gekleidete und herausgeputzte Frau mit ihrem dunklen Lockenhaar und den geröteten Wangen trat lächelnd auf mich zu und flüsterte mir mit schmeichelnder Stimme ins Ohr: «Willst du unseren Gast nicht begrüßen? Hier steht er.»

Ich umarmte Bernardo, und wir setzten uns zu Tisch. Anfänglich belebte das kindliche Geplapper das Essen; Ventura wollte mich kokett dazu bringen, ihre Frisur zu loben, und war so entschlossen, mich für sich zu gewinnen, daß sie sogar ihr zierliches Füßchen auf meinen Schuh stellte. Trotz allem floß das Gespräch träge und stockend; es war nicht schwer zu erraten, daß Bernardo und ich nachdenklich waren. Auf die besorgten Fragen meiner Frau schützte ich Müdigkeit und Unwohlsein vor, aber Bernardo mit seinen blitzenden blauen Augen erklärte rundheraus: «Deinem Mann mag fehlen, was will, und er wird uns nicht erzählen wollen, warum er dasitzt wie ein Angeklagter, dem man eben das Urteil verkündet hat; ich hingegen ... ich bin in solcher Verfassung, weil ich mich schäme, ein derartiges Festessen vor mir zu haben, mit Lachs und Austern und Hummer und alten Weinen. Dabei kann ich nicht einmal einigen armen Familien das tägliche Brot das Jahr über bieten und die nötigsten Kleider, um ihre Blöße zu bedecken. Der Apostel lehrt, die Christen sollen sich nicht einschließen, um köstliche Speisen zu genießen. Wir sättigen uns hier mit einem reichen Essen und werden nun gleich mit Champagner anstoßen – ich weiß das von früheren Jahren her, gluck, gluck, gluck! –, während die Armen ... Ich kann das nicht verhindern, und ihr könnt es auch nicht; aber da ist ein Winkel in meiner Seele, wo bittere Tränen quellen. Was kann man da tun? Ich weiß keine Abhilfe!»

Wie der Priester so sprach, schoß mir wie ein Blitzstrahl eine Idee durch den Kopf; es blieb mir keine Zeit zum Überlegen, auch nicht, um die Wirkung meiner Worte auf Bernardo abzuschätzen. Ich stand auf, füllte ein Glas mit dem Champagner, der schon eiskalt in der geschliffenen Kristallkaraffe bereitstand, streckte es Bernardo entgegen und sagte nachdrücklich und bedeutungsvoll: «So stoß mit mir an ... oder bete, daß ein Plan gelingen möge, den ich gefaßt habe ... Gelingt er nämlich, so ist das Brot für einige Familien gesichert!»

Bernardo griff nach seinem Glas, aber bevor er es hob, heftete er seine durchdringenden Augen auf mich. Mir schien, er durchforsche mein Gehirn, sehe tief in mein Gewissen und lese darin wie in einem offenen Buch.

Plötzlich hob er kurzentschlossen das Glas, hielt es mir entgegen, wir stießen an, und er sprach mit tiefgründig ernster Stimme: «Ich stoße jetzt an ... Beten werde ich später. Ich wünsche, daß dein Vorhaben gelingt ... aber nur ein einziges Mal, hast du verstanden? Nur ein einziges Mal.»

Ich betrachtete den Pakt als geschlossen. In meinem Spieleraberglauben hatte ich schon alles versucht: Zigeunerinnen, Medien, Amulette, kindische Beschwörungen ... alles, außer Gott mit dem Köder der Wohltätigkeit zu gewinnen, mit dem Versprechen, die Einnahmen mit dem höchsten Richter zu teilen, damit seine Vorsehung das blinde Geschick mit unsichtbarer Hand lenke. Den Himmel auf meine Seite bringen! Ja, denn auch der Himmel konnte nicht «wollen», daß ich den letzten und unwiderruflichen Entschluß in die Tat umsetze, den einzigen, der den teuflischen Knoten meines Schicksals lösen konnte ...

Sobald das Essen fertig war, stand ich auf, brachte eine Entschuldigung vor, ließ Ventura schlecht gelaunt und Bernardo nachdenklich sitzen und eilte fort zum Spielen, aber diesmal nicht mehr um Geld, sondern um meine Ehre und um mein Leben, das mir in diesem Augenblick verführerisch vorkam und wert, gelebt zu werden neben einer Frau, die mich verliebt umschmeichelte, und einem Kind, das mich mit seinem leuchtenden Engelslächeln um Schutz und Hilfe beim Gehenlernen bat, indem es kurzerhand meine Beine umschlang ...

Die Straßen waren von fröhlich lärmenden Menschen, von Tamburingeschelle und Gitarrenakkorden belebt; aus den Häusern drang mattes Licht und verriet das trauliche Beisammensein jener, die ein stilles Fest vorziehen; und ich dachte bei mir, während der Wagen, den ich vor meiner Haustür gemietet hatte, zum Kasino rollte: «Wenn ich verliere, ist das meine letzte Weihnacht gewesen.»

Wißt ihr, was entfesseltes, unglaubliches, wahnsinniges Glück heißt? Nun, solches hatte ich vom ersten Augenblick an. Es blieben noch Stunden zum Spielen, und da waren die Bollwerke, nämlich die mit den vollen Brieftaschen und den sicheren Krediten. Pausenlos rannte ich gegen sie an; ich erinnere mich nicht an eine ähnliche Glückssträhne; es war, als sähe ich im Gegenlicht die Karten, die als nächste aufgedeckt würden, oder als flüstere mir eine unsichtbare Macht ein, worauf ich setzen solle. Als wollte Gott es sich angelegen sein lassen, den Pakt zu erfüllen, steigerte sich mein Glück, kaum hatte es Mitternacht geschlagen.

Als ich wieder nach Hause kam, ging ich zuerst in Bernardos Zimmer. Der Priester war noch auf; sicher hatte er auf mich gewartet. «Geh ruhig ins Bett und schlafe», sagte ich zu ihm, «morgen bekommst du, was du brauchst, um einigen armen Familien das Brot für das nächste Jahr zu sichern.»

Im ausdrucksvollen Gesicht des Priesters las ich Bestürzung und Sorge. Er wußte genau, woher das Geld stammte, das ich ihm in Erfüllung unseres Pakts anbot, und sein Gewissen kämpfte mit seinem leidenschaftlichen Verlangen, Gutes zu tun, Sorgen zu lindern und Tränen zu trocknen. Von inneren Kämpfen geschüttelt, nahm er mich schwach bei den Händen und, vom Drang zu helfen überwältigt, murmelte er schließlich mit seiner sonst immer so klangvollen Stimme ungewohnt heiser: «Ich nehme es an ... Her damit ... Nur ... denke daran ...! Die Bedingung ...»

«Heute ist es das letztemal gewesen, mein Ehrenwort!» sagte ich und kam so seiner Bitte zuvor.

Ich weiß nicht, ob ihr mir glaubt, aber seit jener Heiligen Nacht habe ich nie wieder gespielt. Wohl krampften sich mir am Anfang die Finger zusammen, und der Kopf taumelte mir vor Begier, die bitteren Freuden des Spiels zu kosten, aber allmählich wurde ich ruhiger; das Vergessen indes gelang mir nie. Ich trieb Handel und baute mir ein Vermögen auf; ich lernte, daß ich es brauchen, aber nicht mißbrauchen darf. Ich weiß, daß ich nur Verwalter bin. Der Eigentümer ist oben im Himmel.

Es gibt nichts Schlimmeres für ein von Natur aus dummes Geschöpf, als plötzlich die Gabe des Verstandes zu erlangen. Wenn ihr es bezweifelt, so will ich euch die Geschichte eines Truthahns erzählen, von dem – hätte er nicht sehr aufgepaßt – nicht einmal mehr die Knochen übriggeblieben wären, denn diese sind Leckerbissen für die Hunde.

Der Truthahn meiner Geschichte hatte immerhin das instinktive Verlangen, sich selbst kennenzulernen, und außerdem wußte er, daß ihm jeglicher Verstand abging. Das ist etwas ziemlich Ungewöhnliches, denn die allermeisten Truthähne halten sich für sehr klug, plustern sich hoffärtig auf und krähen laut, eine so gute Meinung haben sie von sich selbst.

Unserem Truthahn hingegen war es klar – ebenso wie es der Trappe klar ist, daß ihre Jungen schwer fliegen lernen –, daß ihn gar nichts mit Salomos Weisheit verband, daß er vom Tag seiner Geburt an hoffnungslos dumm war. Da nun einmal die Zuflucht für die Dummen die Demut ist (oder besser gesagt, sein sollte), so beschloß unser Puter, den, der mehr war als er und als wir alle, zu bitten, in ihm über Nacht Begabung keimen zu lassen. Seine Bitte richtete sich an das Jesuskind, das in dem Haus, zu dem der Geflügelhof gehörte, sehr verehrt wurde. Er wußte, daß das Jesuskind alle beschützen kann, die zu ihm beten, und er wußte auch, daß es der

Frau Carmela, der Geflügelwärterin, mehr als einmal in schwerer Not geholfen hatte. Außerdem lud das göttliche Kind gewissermaßen dazu ein, daß man eine Gunst von ihm erflehte, so süß und so gütig sah es aus. Der Truthahn ließ seinen Kamm hängen, senkte die Augen unter der blauen Schutzmembran und trat vor den Schrein: Da stand das Kind in seinem vergilbten Seidenkleidchen, hielt die kleine silberne Weltkugel mit dem Kreuz oben darauf in der Hand und verströmte die Gnade seines lächelnden Antlitzes und seiner gütigen Glasaugen über das Haus und seine frommen Bewohner. Das Jesuskind erinnerte sich, daß der heilige Franz von Assisi die vernunftlosen Geschöpfe als seine minderen Brüder betrachtet hatte, fühlte Zuneigung zu dem Federvieh, das dazu bestimmt war, die Gaumenlust der Menschen zu befriedigen, und wollte seine Bitte erhören. Schon senkte es zum Zeichen der Gewährung das mollige Kinderhändchen, aber als es erfuhr, was der Puter sich da wünschte, ging die Hand wieder in die Höhe, und das Jesuskind sagte zu ihm: «Hast du dir auch gut überlegt, was du von mir erbittest?»

Da der Puter auf seinem Wunsch beharrte, fragte das Kind nochmals nach. Verstand ist schließlich für einen Puter wie Schönheit für eine Miesmuschel: eine unnütze, womöglich sogar eine verhängnisvolle Gabe! Aber der Bittsteller blieb dabei: Er wollte unbedingt die Eigenschaft auch besitzen, die bei den Menschen so gelobt wurde! Da erfüllte Jesus seinen Wunsch ...

Der Truthahn hatte den Eindruck, in seinem Kopf werde ein helles Licht angezündet. Er sah alles viel schärfer und deutlicher: Er war nur ein törichtes Federvieh, das in einem Hühnerhof gehalten wurde, jeden Tag sein Futter hingestreut bekam und keine andere Arbeit oder Aufgabe hatte, als faul zu sein und fett zu werden. Seinen Artgenossen, allen übrigen Putern, erging es gleich wie ihm, nur stellten sie keinerlei weitere Ermittlungen an, pickten fleißig Körner, fraßen Kleiebrei, gackerten zufrieden, schlugen das Rad, umwarben die Weibchen und schliefen lang und behaglich im warmen Stall, wo sie in der Nacht Schutz fanden. Unser Held, der bereits mit der Fähigkeit der Einsicht ausgestattet war, bemerkte gleich, daß die andern Puter glücklich waren. Er hingegen ... war unausgeglichen, lebte in ständiger Unruhe und grübelte in dauernder Angst und Sorge, wie lange dieses üppige Leben wohl andauere und wie es nachher weitergehe. Wenig Zeit verging, bis er etwas darüber erfuhr. Aussprüche der Wärterin und Unterhaltungen mit den Nachbarinnen klärten ihn auf. Frau Carmela brummte nämlich immer wieder zwischen den Zähnen: «Zeige, wie schön du bist, Puter, bald wirst du gerupft ...! Warte nur, wenn es Weihnacht wird ...»

Obgleich unser Held alles verstand, so konnte er doch nicht reden und somit auch nicht fragen, was denn an Weihnachten geschehe; aber er ahnte, daß es etwas Gutes wohl nicht sein könne. Nein, es mußte etwas ganz Schlimmes sein, etwas Grausames, ganz Schreckliches! Diese Ansicht verfestigte sich, als die angekündigte Weihnachtszeit näher kam und der Puter merkte, daß er und seine Gefährten einer unerklärlichen übermäßigen Freßkur unterworfen wurden. Können Sie mir sagen, wozu es gut war, sie alle mit so vielen Brotbrocken zu füttern und ihnen nachher auf barbarische Weise ganze Nüsse in den Rachen zu stopfen, mit Schalen und allem, hart wie Steine, und jeden Tag mehr, bis es täglich zwanzig waren? Unser Held hatte das Gefühl, sein Rachen sei schon ganz aufgekratzt. «Niemals kann ich das verdauen!» dachte er und erstickte beinahe. Am Ende aber verdaute er doch, war aber den ganzen Tag benommen und lahm – wie Menschen, die an Darmerweiterung leiden...

Eines Morgens, als er gerade mit der zwanzigsten Nuß gestopft worden war, kam eine Nachbarin, die Töpfersfrau von nebenan, und sagte zu Frau Carmela: «Haben Sie schon einen Puter bereit? Einen gut gemästeten? Der Koch des Herzogs hat mir aufgetragen, einen zu besorgen – für das Weihnachtsessen. Es muß aber ein besonders schönes Stück sein!»

«Da habe ich einen, der ist fett wie ein Schweineschinken ... Schauen Sie ihn an und überzeugen Sie sich, wie schwer er ist ...»

Sie packte unseren Helden an den Beinen, obwohl er sich verzweifelt wehrte, und blies ihm die Federn an den Schenkeln auseinander, bis die pralle fettglänzende Haut sichtbar wurde. «Er sieht nicht schlecht aus!» meinte die Töpfersfrau. «Wir verlangen vier Pesos, und Sie geben mir ein paar Pesetchen davon ...»

«Der Koch wird dann dem Herzog sechs Pesos verrechnen, und alles in Butter!» antwortete Frau Carmela.

Unserem Puter war sämtliche Röte aus dem Kamm und aus den Lappen am Schnabel und am Hals gewichen; er war aschfahl. Als Frau Carmela ihn wieder auf den

Boden stellte, konnte er sich kaum auf den Beinen halten. Er begriff genau, denn er hatte ja die Gabe des Verstandes: Man wollte ihn verkaufen, köpfen, verspeisen. Entsetzliches Geschick!

Gar nichts konnte er tun, ihm zu entgehen. Entfliehen? Sich verstecken? Wohin sollte er sich wenden? Wo er auch hinkäme, würde ihn sein verhängnisvoll fettes, zartes Fleisch wie ein Todesurteil begleiten. Der erstbeste, der den Luxusvogel einfing, würde ihm den Hals umdrehen und ihn braten. Es gab kein Entrinnen. Ihn erwartete das gleiche Geschick wie seine Gefährten ... Nur wußten jene nicht um ihr trauriges Ende, und noch am Tag vor dem Schlachten würden sie mit derselben Lust und ohne aufzubegehren ihre Kleie fressen und die harten Nüsse hinunterwürgen.

Jetzt wußte unser Puter, warum das Jesuskind lächelnd und mit kindlichen Grübchen in den Wangen zu ihm gesagt hatte: «Aber weißt du denn, was du erbittest?»

Wieder wappnete sich der Vogel mit Demut, und es gelang ihm, in das Zimmerchen zu schlüpfen, wo der Schrein stand. Wieder erhob er seine stumme Klage zu dem süßen Bildnis. Jesus wußte schon, worum es ging. Er verstand die innere Qual des unglücklichen Tieres, das im Unterschied zu seinen Artgenossen wußte, was das Mästen, was das scharfe Messer bedeuteten; und wissentlich würde es auch das ruchlose Gefülltwerden miterleben, den heißen Bratofen, das neuerliche Aufgeschnittenwerden am Festtagstisch, wo die Gäste genüßlich das weiße Brustfleisch des armen Vogels kauen und dazu lachend Champagner trinken würden. Voller Erbarmen senkte Jesus wiederum seine Hand und sagte leise: «Geh in Frieden. Fürchte nichts.»

Getröstet und beruhigt ging der Puter weg; eine wunderbare Kraft war in ihm gewachsen, eine unbekannte Hilfsquelle stärkte ihn: der Glaube! Der Glaube ist sogar für Puter gut; er ist mächtiger als das Messer und als der Bratofen! Der Puter fürchtete sich nicht, denn das göttliche Kind hatte ihm geboten, nichts zu fürchten. Trotz allem aber waren die äußeren Umstände furchterregend. Er war aus dem Geflügelhof geholt und in die Küche des Herzogs gebracht worden. Dort widmete sich der Küchenjunge – sein späterer Henker – der Aufgabe, ihm Branntwein zu verabreichen und abwechslungsweise sich selbst einen Schluck zu gönnen. Allmählich wirkte sich die Trunkenheit aus: Unser Puter torkelte, sein Kamm schien zu brennen, ihm schwindelte.

In seiner Benommenheit meinte er einen Wandel seiner Gestalt zu spüren. Seine Glieder versteiften sich. Mit der Zeit kam er sich gar nicht mehr wie ein Puter aus Fleisch und Blut vor, sondern wie aus schön modelliertem farbigem Papiermaché auf zwei Drahtbeinen. In der Küche hörte man Zornesausbrüche. Wutentbrannt fiel der Koch über den Jungen her: «Was hast du mit dem Puter getan? Elender Saufbold! Du hast ihn eingefangen und wieder entwischen lassen!»

Fast zur gleichen Zeit entsetzte sich das Zimmerfräulein: «Hat man so etwas schon gesehen! Wie ist denn der Puter für die Weihnachtskrippe hierhergekommen! Komm, du Prachtkerl, ich stelle dich an deinen Platz!»

Augenblicke später stand unser Puter, der nun ganz

zu Karton geworden war und sich nicht mehr bewegen konnte, an der Weihnachtskrippe zu Füßen des Christkindes, das in seine Windeln gewickelt die Hirten segnete und die Geschenke der Heiligen Drei Könige entgegennahm. Er war vor dem Schlachtmesser gerettet, gerettet auch vor den genußsüchtigen Zähnen, die ihn hätten zermalmen sollen, und voller Dankbarkeit schaute er das göttliche Kind an. Er fand, hier zu seinen Füßchen im warmen Hauch des Öchsleins und des Eseleins zu stehen und als weitere Figur zum heiligen Tiergarten zu gehören, sei ein besseres Geschick als sein früheres, sei wahre Glückseligkeit. Halleluja!

ANMERKUNGEN

1 Das Matthäusevangelium (Mt 2) berichtet von μάγοι (griech. «Weisen», «Sterndeutern», «Wahrsagern», «Zauberern»). In seiner dt. Übersetzung bezeichnet Luther sie als «Weise» aus dem Morgenland; in der spanischsprachigen Bibel ist von *magos* («Magiern») die Rede.

2 Die Turdetaner bewohnten in vorchristlicher Zeit die Ebene am Guadalquivir, im heutigen Andalusien.

3 Süßigkeit aus Mandeln, Honig, Zucker und Eiweiß, je nach Sorte auch mit Schokolade oder kandierten Früchten, die in Spanien traditionell an Weihnachten verzehrt wird.

4 Frz. Maler (1703–1770), der vor allem mythologische Themen gestaltete.

5 Mariano Benlliure y Gil (1862–1947), span. Bildhauer, der zahlreiche öffentliche Denkmäler schuf.

6 Die frz. Redewendung «*un secret de Polichinelle*» bezeichnet ein offenes Geheimnis. Pulcinella ist eine Figur der ital. Commedia dell'arte, ein listiger, schwatzhafter Diener, und als zentrale lustige Figur des Marionettentheaters seit dem 17. Jh. in ganz Europa beliebt.

7 Weitläufige Parkanlage im Zentrum Madrids.

8 Feiner frz. Weißwein, nach der gleichnamigen Ortschaft im Südwesten Frankreichs benannt.

NACHWORT

Freudig begrüßte das Madrider Publikum jede Erzählung, welche «die Pardo Bazán» laufend in Zeitungen und Zeitschriften veröffentlichte. Die Gräfin Emilia Pardo Bazán (1851–1921) war im Spanien um die Jahrhundertwende eine der herausragenden Gestalten des öffentlichen Lebens. Sie stammte aus der regenreichen, nebeligen Provinz Galicien in der nordwestlichen Ecke Spaniens, erwarb sich auf vielen Reisen eine umfassende europäische Bildung, wirkte als Professorin für neulateinische Literaturen an der Universität Madrid und war auch politisch als Mitarbeiterin im Erziehungsministerium tätig. Mit Überzeugung setzte sie sich zeitlebens für die Rechte der Frau ein. Sie war eine facettenreiche Persönlichkeit: Obgleich gläubige Katholikin, trennte sie sich selbstbewußt von ihrem Mann, als dieser ihr das Schreiben verbieten wollte – in einem Artikel hatte sie den als unmoralisch verschrienen französischen Naturalismus verteidigt und damit einen Skandal ausgelöst. Sie war aristokratischer Abstammung, scheute sich jedoch keineswegs, auch dunkle Seiten der bürgerlichen Madrider Gesellschaft anzuprangern und Mißstände aufzudecken. Von ihren Romanen werden *Los pazos de Ulloa* (1886, dt. *Das Gut von Ulloa*) und *La madre naturaleza* (1887) als ihre wichtigsten angesehen. Unter ihren mehr als fünfhundert meist ganz kurzen Geschichten zu allen erdenklichen Themen finden sich auch zahlreiche Weihnachtserzählungen, die bis heute ihre Frische und Aktualität bewahrt haben und die den deutschen Leser an den spanischen Weihnachtsbräuchen teilhaben lassen.

Die Festzeit rund um die Geburt Christi hat im spanischen Jahresablauf eine etwas andere Bedeutung als im deutschen Sprachbereich und wird darum auch anders gefeiert. Sicher ist Weihnachten ein Hochfest der Christenheit, aber die Geburt des Jesuskindes ist erst der Beginn seiner Erlösungstat, die ihre Vollendung in Christi Leiden und Tod und in seiner glorreichen Auferstehung erfährt. Darum sind für die Spanier Karwoche und Ostern die hohe Zeit im Kirchenjahr: In großen Städten wie in kleinen Dörfern begleitet die Bevölkerung in eindrücklichen Bußprozessionen Christus auf seinem Leidensweg, trauert mit der schmerzensreichen Muttergottes um den Gekreuzigten und preist am Ostermorgen seine Auferstehung. Auch in den Geschichten unserer Auswahl wird deutlich, daß in Spanien das Weihnachtsgeschehen in seinem Bezug auf die Passion gesehen wird.

Obgleich an Weihnachten bisweilen Gedanken an Leiden und Tod auftauchen mögen, hindert das die Spanier keineswegs daran, sich über die Geburt des Herrn herzlich zu freuen und ein ausgelassenes Fest zu feiern, in der Familie, mit Freunden oder feuchtfröhlich auf der Straße. Ein wichtiger Bestandteil der Festvorbereitung ist der Aufbau und die Ausstattung der Weihnachtskrippe, des *belén* («Bethlehem»). Jede Familie räumt dem *belén* einen Ehrenplatz in der Wohnung ein, bisweilen ein ganzes Zimmer, mindestens aber einen Tisch oder eine Wand. Außer dem Stall mit der Heiligen Familie –

der meist als eine Art Felsgrotte dargestellt wird – gehört auch das Städtchen Bethlehem mit seinen Bewohnern dazu, die bei ihren alltäglichen Beschäftigungen gezeigt werden; dann die Landschaft mit Wiesen, Bächen, Wäldern, Bergen, Schluchten, die Hirten mit ihren Herden und die Heiligen Drei Könige mit ihrem Gefolge. Oft wird auch die Stadt Jerusalem mit Mauern, Türmen und Kuppeln, mit dem Tempel, dem Palast des Herodes und den römischen Soldaten einbezogen – Phantasie ist gefragt, vor allem aber handwerkliches und technisches Können, gestalterisches Geschick und eine Prise Humor. Wenn am Weihnachtsfeiertag die Familien einander besuchen, so auch um die Krippen zu bewundern und sich besonders gelungene Einzelheiten erklären und vorführen zu lassen. Unsere Geschichten belegen mit ihren ausführlichen Schilderungen eindrücklich die Wichtigkeit und Vielfalt der Weihnachtskrippen in den Privathäusern, aber auch in Klöstern, Kirchen, Rathäusern, Schulen und anderen öffentlichen Gebäuden.

Auch auf die Bedeutung des Abendessens am 24. Dezember im Kreise der Familie oder mit Freunden und Bekannten weisen unsere Geschichten hin. Traditionell ist es eine Fastenspeise ohne Fleisch, denn so schreibt es die Kirche für den Vorabend großer Feste vor. Jede Gegend hat ihre typischen überlieferten Gerichte. Am Weihnachtsfeiertag jedoch kommt in ganz Spanien der Truthahn auf den Tisch. Altüberliefert sind auch die zu Weihnachten gehörenden Süßigkeiten, nämlich der *turrón*, eine Masse aus Mandeln, Honig und Eiern, je nach Gegend eher wie Nougat oder wie Marzipan, dann die *peladillas*, Mandel- oder Pinienkerne mit hartem Zuckerguß, und die *polvorones*, eine Art Sandtörtchen. Dazu trinkt man Süßweine.

Befremden mag hierzulande, daß im Zusammenhang mit dem Heiligen Abend in unseren Geschichten dauernd von singenden und musizierenden Gruppen, von Lärm und Betrieb die Rede ist. Die spanische Gewohnheit, die *nochebuena*, die Heilige Nacht, auf der Straße zu verbringen, geht auf den uralten Brauch des *aguinaldo*-Bettelns zurück. Dazu zogen die Dorfkinder mit ihren ländlichen Musikinstrumenten von Hof zu Hof, sangen *villancicos* – die typisch spanische Form des volkstümlichen Weihnachtsliedes – und wurden dafür mit Süßigkeiten, Nüssen oder Obst beschenkt. Die traditionellen Lieder und Musikinstrumente beherrschen auch das weihnachtliche Treiben in unseren Geschichten; die Rede ist hauptsächlich von der *pandereta* («Schellentrommel») und allen möglichen Lärminstrumenten wie Rasseln, Knarren, Schnarren, Pfeifen … Bei so ausgelassener lärmender Fröhlichkeit verwundert es nicht, daß mitunter zuviel getrunken wird, und so kann es vorkommen, daß selbst die *misa del gallo*, die Mitternachtsmesse, von grölenden Gruppen gestört wird.

Die Bescherung findet in Spanien am Dreikönigstag (6. Januar) statt: Am Vorabend reiten die Heiligen Drei Könige hoch zu Pferd (in großen Städten sogar auf Kamelen) mit ihrem Gefolge in einem langen Umzug ein und begeben sich ins Rathaus. In dichten Reihen säumen die Zuschauer die Straßen oder warten gespannt auf dem Rathausplatz, bis Kaspar, Melchior und Balthasar vom

Balkon die Menge grüßen. In dieser Nacht sind die Geschäfte und Verkaufsstände bis in die Morgenstunden offen, denn im Vorbeireiten «werfen» die Heiligen Drei Könige den Kindern die Geschenke zu; dazu stellen diese ihren Schuh vor das Fenster und daneben ein Schälchen Wasser und ein Stück Brot oder ein Büschel Heu für die Pferde. Die Heiligen Drei Könige sind in Spanien also wichtige Figuren im Weihnachtsgeschehen, und es fällt in unseren Geschichten auf, daß ihnen sogar mehr Beachtung geschenkt wird als Maria und Josef.

Natürlich hat sich im Laufe der Zeit vor allem in den Städten einiges an den überlieferten Bräuchen geändert. So hat z.B. der geschmückte Christbaum schon vor längerem auch in Spanien Einzug gehalten und in manchen Häusern das traditionelle *belén* verdrängt; in anderen steht der Baum einträchtig neben dem *belén*. Unverändert geblieben ist auf jeden Fall die fröhliche unbeschwerte Festfreude, die bis weit in den Januar hinein anhält.

Erna Brandenberger

INHALT

Umschlagmotiv:
Juan Bautista Maino «Anbetung der Könige» (Ausschnitt)

Diese Buchausgabe wurde aus der Bembo gesetzt.
Das FSC-zertifizierte Papier Munken Print liefert
Arctic Paper Munkedals AB, Schweden.
Alle verwendeten Materialien entsprechen alterungsbeständiger Qualität, die Papiere sind
chlor- und säurefrei.
Printed in Germany 2008
ISBN 978-3-7175-4067-0

www.manesse.ch